致命魔方

李小晚 著

北京联合出版公司
Beijing United Publishing Co.,Ltd.

图书在版编目（CIP）数据

致命魔方 / 李小晚著. — 北京 : 北京联合出版公司，2021.9

ISBN 978-7-5596-5473-1

Ⅰ. ①致… Ⅱ. ①李… Ⅲ. ①推理小说－中国－当代 Ⅳ. ①I247.5

中国版本图书馆 CIP 数据核字（2021）第 151195 号

致命魔方

作　　者：李小晚
出 品 人：赵红仕
选题策划：上海牧神文化传媒有限公司
责任编辑：夏应鹏
特约编辑：蔡丽娟
封面设计：江心语

北京联合出版公司出版
（北京市西城区德外大街 83 号楼 9 层　100088）
北京联合天畅文化传播公司发行
上海盛通时代印刷有限公司印刷　新华书店经销
字数 157 千字　890 毫米 ×1240 毫米　1/32　6.5 印张
2021 年 9 月第 1 版　2021 年 9 月第 1 次印刷
ISBN 978-7-5596-5473-1
定价：128.00 元（盒装）

目录

CONTENTS

致命魔方

致命魔方

第一章

生死解码

1

乔也面前是一片竹林!

非常大的竹林，至少占据了四五个山头，这是C市一个小有名气的景区，不过还没有开发。说是景区，其实就是一个深山老林，交通也非常不便利，所以到这里旅游的人寥寥无几。

竟然会有人在这里设立一个真人密室逃脱基地，乔也真是不明白。不过他不得不承认，这是一个很有气氛的地方，荒无人烟的深山竹林，地貌复杂，方向难辨，别说真人密室了，就这个竹林都不是一般人能闯出去的!

乔也下了车，按照请柬上地图的指示走了差不多半个小时，终于看到了一座说得上是鹤立鸡群的建筑。附近没有任何建筑物，除了竹子还是竹子！这座建筑物就好像突然出现的一样，灰黑的颜色，足有一个体育场那么大。在这片绿林中，显得十分突兀。

乔也在一个月前收到了这份请柬，邀请他参加一个真人密室逃脱的游戏，而在这个游戏中，他可以得到自己想要的东西—— 一桩案件的线索。

地图上标的是三号门，乔也找到了门，走了进去。

里面是一个类似自动取款机、只能容纳一人的小房间，房间里放着一块显示屏。乔也进来的时候，显示屏就亮了，上面显示着其他玩家的信息。

乔也依次看完了玩家信息，有不少熟人，其中一个，是他亲自邀请的。

玩家信息浏览完毕，显示屏下面的门就打开了。这扇门通往一个更大的房间，房间里四面八方打开了七扇门。

七个玩家，七扇门。

七个人相继走了出来，神态各异，唯一相同的是，他们都在打量着彼此。

“哈喽。”一个穿着宽大黑色连帽衫、破洞牛仔裤，一双高帮黑色球鞋的小混混模样的少年伸出手，笑眯眯地跟大家打着招呼——连帽衫的帽子几乎盖住了他的眼睛。

当他的目光掠过乔也时，表情一下子僵住了，脸上的笑容也渐渐消失。他有些尴尬地收回了手，把连帽衫的帽子拉得更低了。

“哎！你躲什么啊？”一个西装革履、大腹便便的中年男人指着他叫道，“我认识你，你就是那个小偷，叫周……周什么来着？对，周子书！你还来我公司偷过东西吧？”他站到乔也旁边：“乔警官，你赶紧抓了他。”

乔也微微皱起眉头，瞥了中年男人一眼：“甭着急，等出去，该抓的，我一个也不会放过！”

乔也这话说得意味深长，中年男人听后，愣了一下，目光躲闪着低下了头，轻咳一声，不再说话。

少年抱着肚子哈哈大笑：“陆大老板，做贼心虚啦？”

乔也又看了他一眼，少年识相地闭了嘴，往唯一没打开的那扇门走了过去。

乔也这时朝着一个熟悉的女玩家走了过去，对她笑着伸出手："舒老师，好久不见。"

"叫我舒婵就行了。"舒婵的语气有些冷，声音也很轻。她没有伸手，脸色看起来不太好，似乎有些病态，加上穿着一身米色棉麻长裙，那种疏离的感觉更加强烈了。

"好，"乔也笑着点了点头，"最近又出了什么新画作？"

舒婵的眉头猛地皱了一下，乔也敏锐地观察到她的指尖在微微地颤抖。

"没有。"舒婵摇了摇头，回答了他。

乔也没有再问，将目光转到了另外三个人身上。他刚才在信息中看到，玩家中有两个长得非常像的人，就像双胞胎一样，可是，他们并不同姓。

现在，他看到了他们，确实长得一模一样，然而气质相差很大：一个戴着一副眼镜，文质彬彬；一个嘴角带着似有若无的微笑，看起来不近人情。

"你们——"乔也指了指他们，话还没说完，就听那个不近人情的冷声道："不认识。"

乔也挑了挑眉，又听到那个戴眼镜的笑着说："你好，我是秦飞扬，是一个医生。"

看起来不近人情的那个也简单粗暴地介绍了一下自己："郁晨。"

听到这个名字，乔也的瞳孔急促地收缩了一下，不过很快又恢复如常。

这时，站在门口的周子书"喂！"了一声，他抱臂靠着门，显得极不耐烦："你们聊完了没有？咱们是来玩密室逃脱的，不是来聊天的，走不走啊！"

秦飞扬转过头，对他笑了笑，走了过去，舒婵也跟了过去。

另外一个女玩家似乎不太爱说话，也没有搭他们的茬儿，她一直抱着臂靠在墙边，在听到门突然“咔嗒”一声开了后，才不咸不淡地看了乔也一眼，率先走了进去。

周子书跟着跑了进去，他张开双臂，歪了歪头：“各位，边走边聊？”

其他人依次走了进去，陆老板一直紧紧地跟着乔也，仿佛离开了他就不能活命一样。乔也发现，舒婵一直目光复杂地看着秦飞扬和郁晨，而另外一个女玩家林思思，虽然表现得冷淡异常，但乔也总觉得，她似乎对自己有敌意。

所有的人都进去之后，那扇门就关闭了。

2

这是第一间密室，大约有五十平方米，四周的墙壁都是灰黑色的，房顶中间有一个老式灯泡，发着昏暗的光，让密室显得十分暗沉。即使这样，他们也看到墙壁上面有许许多多的刻痕，有文字、数字和符号。这些刻痕有竖着的，有横着的，还有斜着的，乱七八糟，毫无逻辑。

没等他们看清楚这些杂乱无章的刻痕，这间不算大的密室地面就突然开始冒水了，速度不算慢。

周子书跳了起来，短暂的惊讶之后又表现出了惊喜：“这么刺激！”

舒婵在一旁将自己的裙子撩高了一些，微微皱了皱眉，林思思则直接抱着臂观察起墙面来。

这时，房间另一边的墙壁翻转，出现了一扇门，门上镶嵌着一个巨大的密码锁。

“你们看，”乔也率先走到密码锁旁边，“这把锁需要输入三个数字、三个汉字以及三个符号。”

“那就是和墙上这些东西有关了。”秦飞扬和乔也对视了一眼，指了指墙壁上的刻痕。

“这……这怎么找啊！”陆老板转着圈儿把四面墙壁都看了一遍后，抱着脑袋大喊了一声，“根本就没有任何逻辑嘛！”

他说完，又跑到了乔也身边：“乔警官，你是警察，可不能让我们死在这儿啊！”

乔也淡淡地看了他一眼，没有说话。

周子书鄙视地嗤了一声：“陆大老板，这么怕死，您来这儿干什么？”

“你——”陆老板瞪了瞪他，咬了咬牙，没有继续说下去。

“行了，找线索吧。”乔也走到了一面墙壁旁边，开始观察上面的刻痕。

“对啊，大家还是赶紧找线索吧。”秦飞扬笑着拍了拍周子书的肩膀，转头问，“谁数学好？看看咱们能有多少时间？”

林思思低头看了看脚下的水，又看了看手表，轻笑一声，竖起三根手指摇了摇：“最多三个小时，水就会填满整个密室！”

三个小时！如果他们还没有从这满墙杂乱的符号中找出真正的答案，那么他们就会溺死在密室中。

密室中的气氛突然变得有些诡异，所有人都停止了本来在做的事情，纷纷看向林思思，神情复杂。

林思思看了看他们，冷笑着挑了挑眉：“看我干什么，看我这锁就能自己开了？”说完，她继续研究墙上的符号。

“没关系，”短暂的沉默后，乔也先开了口，“三个小时不算短，我们一定能找到线索。”

他的声音坚定有力，带着警察特有的安定人心的力量，他的神情也如他的声音一样，带着自信的光芒，让人不自觉地感到安心。

众人的脸色这才好看了一点，纷纷开始寻找线索。

“妈的！”周子书突然大骂一声，挽起了裤脚，神情烦躁，“老子没读过书，这上面的东西就看得懂123456789，只能靠你们了！”

陆老板白了他一眼：“字都不认识，你来这儿干什么？”

周子书本来在挽裤脚，听到这话，悠悠地抬起头来道：“我不怕啊，我要是死了，一定拉你当垫背的。”

这话虽是玩笑，但从周子书嘴里说出来，带着一种阴森森的味道。陆林志眉头一皱，咽了口唾沫，没有再回嘴。

周子书哈哈大笑起来，那样子还真像一个耍了人后很高兴的小孩子。

除了周子书、陆老板，其他人都开始研究墙壁上的刻痕，不过舒婵只看了一会儿，差不多就是浏览了一遍，就站到一边去了。

她低着头，没人看得清她的表情，也不知道她到底在想什么。

密室里除了咕噜咕噜冒水的声音，只有偶尔传出的几声疑惑的呢喃。

大概过了半个小时，乔也停了下来，问大家：“有什么线索吗？”

林思思摇了摇头：“太乱了，什么也看不出来。”

郁晨也转过身，靠在墙壁上：“没有。”他惜字如金，每次说话都这么简洁明了。

秦飞扬伸手揉了揉眉心，脸上带着无奈的笑容：“抱歉，我也什么都没看出来，这墙上的刻痕真的太杂乱了。”

周子书本来满含希冀地看着他们，听到这几个人的话后，眼里的光一点点地黯淡下去:“不会吧，第一关就要被淘汰了？”

陆老板撩了撩淹没到膝盖的水：“咱们……咱们不会淹死在这儿吧？我来的时候看着这周围荒无人烟的……”

“大老板，这是游戏！”周子书没好气地白了他一眼，“不过，要是第一关就淘汰了，路费都赚不回来，也太亏了吧？”

“大家不要慌！”乔也喊了一声，他拍了拍秦飞扬的肩膀，“这样，我们先分组，一组看文字，一组看数字，一组看符号，看看能不能找出什么线索！”

警察总是能让人安心，秦飞扬点了点头，准备行动。其他人也没有反对，站到一边去了。

这时，一直倚在角落的舒婵开了口：“一共有一百三十四个文字、二百零八个数字、七十六个符号。”

她的话音还没落，所有人都转过头惊讶地看着她。

舒婵的神情还是那样淡淡的，只轻轻抬了一下眼睛，又低下了头：“不用这么看着我，我过目不忘，不过这些东西我也看不懂。”

周子书眯眯一笑：“我还以为你找到密码了呢，不过还是很厉害，不像我，九九乘法表都背不下来。”

林思思抱臂笑了笑：“厉害！”

秦飞扬也温和地笑了笑：“没关系，说不定等会儿就有用了呢？”

周子书和林思思说话的时候，舒婵都只是笑了笑，可秦飞扬一开口，她立刻抬起了头，欲言又止地看了秦飞扬几眼，又微皱着眉头收回了目光。

郁晨站在另外一个角落，一副心不在焉的样子，秦飞扬回头的时候，恰好跟他四目相对。郁晨轻笑一声，别开了脸。

林思思也笑着转过了身，道：“我看数字。”

乔也和秦飞扬对望了一眼，点了点头，开始看墙面上的刻痕。

时间一分一秒地过去了，墙上刻痕一动不动，地下的水一刻不停。

虽然没有计时的钟表，但从脚踝逐渐淹没到大腿的水告诉他们，时间已经过了很久。

密室恢复了安静，只不过和最初相比，现在的气氛显得更诡异。水还在源源不断地上涨着，除了正在观察刻痕的三个人，其他人的脸色都变得难看。他们面面相觑，又相对无言，只听得到彼此沉重无比的呼吸声。

大概又过了四十分钟，秦飞扬停了下来，他双手叉着已经淹没在水里的腰，晃了晃脑袋，一脸郁闷："这些符号我看了三遍了，毫无头绪。我只知道，这些符号在某些数学公式里出现过，但也不是很常见的那种，至少九年义务教育绝对不会涉及。"

他的话像是一个玩笑，让密室中的气氛轻松了一些，但不得不说，这个笑话还是有点儿冷。

过了两秒钟，他自己也尴尬地笑了笑："抱歉，跑题了。"他看向乔也和林思思："你们有什么收获？"

林思思没什么表情，但脸色也绝对算不上好看，她看似云淡风轻地摇了摇头："我是对数字很敏感，不过只对倒计时的数字敏感。你们应该也知道，我是一个拆弹专家。"

乔也转头看了她一眼，周子书却高声道："曾经的！"

他说的没错，曾经的！他们看了彼此的资料，林思思的资料上写着，她曾经是一个拆弹专家。

林思思似乎并不在意周子书的话，耸了耸肩："没错，曾经的，我现在是个无业游民。"

她看似毫不在意，但乔也能感觉到她并不是真的不在意。

拆弹专家是一项危险但光荣的工作，而她放弃这份工作又是因为什么呢？

周子书丝毫没觉得自己说错了什么，他翻了一个白眼，插着兜站在墙边，摆出一副非常酷的姿势，似乎在彰显自己的与众不同。

“咯——”秦飞扬轻咳了一声，笑着问乔也，“乔警官，你有什么发现？”

乔也摇了摇头，笑了笑说：“不用着急，我们三个就自己所看到的东西讨论讨论，一定能找出什么线索。”

“我想我们没必要这么丧，”秦飞扬笑着说，“这只是个游戏，不是吗？如果水淹没密室之前我们没有找出正确答案，主办方也会放我们出去吧？最多就是我们被淘汰了，闯关失败了，多大点事儿呢？”

“那可不行！”周子书摘掉帽子叫了起来，“老子参加这个游戏就是冲着那一千万来的，要是大家都出去了，咱们平分也行，在这儿就认输，奖金怎么办？”

陆林志难得地赞同了周子书的观点：“这小兄弟说的是，来都来了，也不能直接认输不是？”

除了周子书和陆老板，其他人都没有说话，只是神情都和之前有些不一样。众人互相看了又看，只有林思思，她谁也没看，过了一会儿，将每个人都扫了一眼：“还聊？”

水已经快淹到胸口了，墙上的刻痕有一部分被水淹没了。现在的情况对他们非常不利，他们不可能记住所有的文字、数字以及符号，而这些刻痕很快就会被全部淹没。

这时，舒婵走了过来，她比其他人要稍矮一些，水已经淹到她的胸口了，裙子和齐腰的长发全部被浸湿了。她本就天生病容，现在显得更虚弱了。

“我能记住那些东西，”她抱了抱双臂，“也许能帮到你们。”

“谢谢！”秦飞扬笑着说。

其实在这间密室，任何人出力都是应该的，没有谁需要对谁说“谢谢”，不过秦飞扬就是这样一个人，总是温和有礼。

乔也也对她笑了笑，三人开始分析起来。

乔也先发言：“我将所有的文字看了两遍，虽然记不全，但我能肯定这里面隐藏着一首古诗。我现在脑子有些混乱，也不知道这首古诗到底全不全，这是我目前发现的唯一线索。”

秦飞扬问：“什么古诗？”

舒婵也说：“你可以说出来我听一下，我听一下有没有那些文字。”

乔也点了点头，开始背那首古诗：

巍巍古寺在山林，不知寺内几多僧。

三百六十四只碗，看看周尽不差争。

三人共食一碗饭，四人共吃一碗羹。

请问先生明算者，算来寺内几多僧？

背完诗后，乔也的神情有些尴尬。他看了看其他几个人，几乎都露出了既惊讶又想笑的表情。郁晨显然也听懂了，但他还是那副什么都不在乎的样子；周子书没怎么读过书，好像什么也没听懂，愣愣地望着他们。

秦飞扬终于忍不住笑了起来：“你是说，这个密码锁的答案，就是这样一首藏着数学题的诗？”

周子书仍然有些愣：“这有什么不可能的？”

秦飞扬没有觉得周子书的问题好笑，温和地笑着解释：“可是这道数学题，就算是一个初中生也能解出来，而且也根本用不到这么复杂的数学符号，一个最基本的方程就够了。”

周子书听了，脸色有点儿不好看，他连小学都没毕业，方程是什么他都不知道。秦飞扬意识到这一点后，抱歉地对他笑了笑。周子书轻哼一声，不再说话。

“对啊，”舒婵也有些疑惑，“如果是这样的话，这首诗就已经告诉我们相关的数字了，那还刻上这么多阿拉伯数字干什么？而且……这么多文字，我们到底用哪三个？”

秦飞扬看了看舒婵：“这些文字都准确吗？”

3

舒婵点了点头：“这首诗里的文字，墙上确实都有。”

“那就试试再说啊！”周子书催促着，“你管他是不是呢，先算出来试试再说呗！你们没听说过一个故事吗？老师画了一个圆圈儿，大学生只知道这是字母O，中学生只知道这是字母O和数字0，只有幼儿园的小孩子知道这是鸡蛋、李谷一唱歌时的嘴巴……”

“好了好了！”乔也打断了他，“那就先试试数字答案和数字的符号、文字。——试试徐子云吧，这首诗的作者！”

林思思将密码输入到密码锁上，她的动作已经非常快了，但所有人还是觉得很慢，非常慢——慢得就像这短短几秒钟的时间，跨越了所有人的生死。

大家都屏住呼吸看着林思思的动作，好像这一口气泄了，密码就会丢失一样。

文字输入完了。

数字输入完了。

水已经漫到胸口，呼吸开始变得沉重。

符号！符号！符号也输入完了！

开！开！

所有人的心里都这么想着，所有人都在等着密码锁发出清脆的“咔嗒”声！

“叮叮叮！”声音的确很清脆，但不是开锁的声音，而是提示错误的声音。

这声音，犹如来自地狱的魔咒！

“错了！”林思思像是早就料到了一般，她转过身来，摊开手臂耸了耸肩，“继续吧各位。”

大家愣了几秒，纷纷泄了气。陆老板看起来都快哭了。周子书也烦躁地把帽子摘了，抓了抓自己的头发。舒婵整个人都快淹在水里了，她大口呼吸着，已经没有过多的精力来思考这件事了。

最后，乔也拍了拍秦飞扬的肩膀：“没事，这还不是生死关头，继续找！”

“嗯！”秦飞扬点了点头，走过去看密码锁，“数字这一排的灯是绿色，密码是正确的，文字和符号的灯是红色，密码是错的。”

“也就是说，我们找到了一项正确答案，”乔也对大家露出了让人安心的笑容，“另外两个密码也一定很快就能找到。”

舒婵费力地游了过来，秦飞扬扶住了她：“你看起来脸色不太好，没事吧？”

舒婵摇了摇头：“没什么大事。你们有没有发现一件很奇怪的事情？”

秦飞扬是医生，心思也很细腻，他和舒婵对视了一眼：“你是说，我们找到了数字的正确答案，可答案是从满墙的文字中找到的，对吗？”

舒婵点了点头：“所以……我们或许应该改变一下思路。”

从文字中找数字答案，那么推论下去，就是从数字中找符号答案，从符号中找文字答案！

推论看起来无懈可击，好像已经把答案摆在了他们面前一样。也许真的是像周子书说的那样，他们都具备了成人的思维，更偏向抽象逻辑的思考，无形中思维也狭窄了许多。

即便舒婵和秦飞扬提出了正确的思路，大家找了近二十分钟，还是没有得到正确的答案。

尽管有从文字中找数字答案的经验，但大家开始怀疑这个看似无懈可击的推论了。

“我们最多还剩下半个小时，”林思思说，“虽然半个小时后水还没有填满整个密室，但足够将我们都淹没了！”她看了看乔也和秦飞扬，“我们必须做好最坏的打算，如果水没有填满整个密室，游戏就不算结束的话，那我们必须一边游泳一边解题，甚至可能需要潜水！”

乔也明白了她的意思：“谁会游泳？”

四个人举起了手，分别是乔也、秦飞扬、郁晨和周子书。

“好的，等会儿如果水位过了头顶，会游泳的人一定要带着不会游泳的人，现在分配一下：秦飞扬，你带着舒婵，她情况不太好，你是医生，方便照顾她。”乔也安排着。

“好！”秦飞扬点了点头，他知道还有一个原因是他的体格看起来确实不那么健壮。即便是和他长得一模一样的郁晨，看起来也比他稍微好一点儿。

“郁晨，你和我带着陆林志，”乔也继续安排，“陆林志比较重。”陆林志就是陆老板，乔也认识他，是因为一些商业案子。

郁晨没有回答，只是轻轻歪了歪头，但乔也知道，他已经答应了。

周子书不用等安排，笑嘻嘻地举起了手：“我知道，我带着大美女。”他说完这话，笑眯眯地看向了林思思。

林思思白了他一眼，转过了身。

这时，周子书又暗暗看了一眼舒婵，在舒婵对着他微微一笑之后，他才收回了目光。

安排完毕后，大家继续解谜。眼看水就要淹没脖子，周子书终于忍不住了，他扑了几下水：“你们别光讨论了，能不能先试试？既然文字找数字、数字找符号，那就把数字答案对应的符号拎出来试试嘛！”

乔也等人愣了一下，面面相觑。虽然这个方法听起来十分不靠谱，但想想从那首儿歌一般的古诗里找出来的数字答案，不是一样不靠谱吗？

也许设计密室的人本来就是个很不靠谱的人！

乔也和其他人相视点头，问舒婵：“你能记得符号的排列顺序吗？”

舒婵点了点头，声音更虚弱了：“大概能记住，不过排列的方式太乱了，我也不确定是不是对的。”

“没关系，”秦飞扬说，“你回忆，我再潜下去看看，一定能找出正确答案。”

舒婵“嗯”了一声，开始回忆那些数字。她闭着眼睛，眉头紧锁，过了大概两分钟，才慢慢睁开眼睛，说：“如果我没记错的话，第六个符号应该是∝，第二个符号好像是∫，第四个符号是 ф。”

秦飞扬记了下来，一个猛子扎了下去，没过一分钟他就起来了。他用手抹了一把脸上的水，呼了一口气：“虽然排得很乱，但以门为起点数下去，的确是这样，舒婵说的没错。”

乔也立刻游到了密码锁面前：“先试试吧。”他输入了这几个符号，等待了两秒钟……

“叮叮叮！”密码锁再一次发出了提示错误的声音，但是符号那一排的灯变成了绿色。

“对了！”乔也惊喜地叫了一声，下意识地看向周子书。

其他人也一样，在听到乔也的呼声后，都含笑看向了周子书。

周子书是个小偷儿，偷盗技术一流，但这种事向来是见不得光的，所以能避着人就避着人。他虽然年轻狂妄，但也不会刻意向谁展示自己偷东西有多厉害，所以他从出生到现在，还从来没有感受过这么多道赞赏的目光。

突然被很多人这么看着，周子书还有点儿不好意思。他轻咳了一声，还没来得及发表什么感言，脚下突然一轻，整个人栽进了水里。

“啊！”周子书虽然会游泳，但没来得及反应，好在下一刻郁晨就把他捞了起来。

周子书扑腾了几下，甩掉脸上的水，惊魂未定地看着他的救命恩人。

郁晨挑了挑眉：“继续说，关于文字答案，你还有什么想法？”

很难得，郁晨一下子说了这么多话。

周子书本来是有些想法的，被这一栽吓得不轻，脑子里一片空白。

再看，乔也扶住了陆林志，秦飞扬也将舒婵保护好了，水虽然没有达到人这么高的高度，但也足够让人浮起来了。

“我缓一下——”周子书咳了两声，用游泳的姿势稳住了身形，郁晨赶紧帮忙扶着林思思。

周子书缓了两分钟后，说了一句让所有人都无语的话：“说真的，我连那些符号是什么意思都不知道。”

郁晨早就料到了一般，哼笑了一声，秦飞扬也忍不住笑了一下：“我说过，这里面有很多大学高数才会到用的符号，他不知道也很正常。”

秦飞扬说完了，解释了一下：“∝是正比例符号，表示反比例时可以利用倒数关系；∫是积分符号，是用来求曲边多边形面积的符号；ϕ 是圆直径，这个比较好理解，就是一个圆的直径。”他看了周子书一眼，似乎在担心他知不知道直径是什么东西。

周子书根本没听懂秦飞扬的解释，他使劲抓着郁晨的胳膊：“这不就简单了，你管他什么意思，反正这符号跟文字有关系的地方就是它的中文名字，含义不重要，那就把每个符号中文名字的第一个字找出来试试，再不行第二个，还不行第三个……”

乔也问舒婵：“正、积、圆，有没有这几个字。”

舒婵点头：“有！”

乔也点点头，看了看陆林志，又看向了郁晨：“你一个人行吗？”

“没问题，”郁晨歪了歪头，“放心，我水性好得很。”

乔也放开了陆林志，游到门边，潜下水去输密码。

其他人看不到水下的情况，只能等乔也的消息。还没等到他传话，水下突然传来一声机关启动的声音。接着，密室中的水突然汹涌流动。人一下子就站不稳了，会游泳的几个人努力维持着平衡，照顾着身边不会游泳的人。

等水不再涌动时，水位一下子降了至少十厘米。

乔也从水下冒了出来，脸上全是忍俊不禁的笑意：“对了，对了！不过——”

乔也的话还没来得及说完，已经打开的门里突然伸出几条铁链，缠住他的手腕和脚腕，将他牢牢固定在了墙上。

4

“乔警官！”秦飞扬低呼一声，将舒婵扶到了门边，忙去查看乔也的情况。

秦飞扬看清楚了，门是开了，不过外面是一架向上伸展的梯子，所以水不会流出去。

“你先走，”秦飞扬对舒婵说，“我们留下来想办法救乔警官，水位已经下降了，我们还有时间。”

舒婵看得出来，虽然还有时间，但时间也不多了，十厘米的水位，加上逃生通道里梯子的容量，最多十五分钟，水还是会把人全部淹没。

“我我我不管了……”陆林志蹚着水，抢先跑到了门边，“我不想送命，反正我留在这儿也没用，我不管了，我先走了。”

陆林志很想给自己找一个不得不走的理由，但说了半天，发现自己的这些理由牵强可笑，便手脚并用地爬上了梯子，一会儿就不见了。

林思思气得骂了一句：“狼心狗肺！”

“他说的也没错，”郁晨耸了耸肩，“不是吗？”

秦飞扬难得地收起了笑容，也像郁晨那样轻哼了一声。他这个样子，简直和郁晨一模一样。

秦飞扬意味颇深地看了郁晨一眼：“你要走就走，不用在这里说这么多。”

“呵！”郁晨冷笑了一声，“我没有你那么仁慈，我当然要走，现在就走！”他刻意加重了“仁慈”这两个字，好像故意说给秦飞扬听一样。

如他所愿，秦飞扬听到这两个字，脸色变得非常难看。他望着郁晨离去的背影，想说什么，终究什么也没有说。

在场的几个人都有些震惊，震惊秦飞扬的反常，也震惊一直淡言淡语的郁晨竟然会以这样的语气说话。

明眼人都看得出来，他们认识，而且应该是兄弟。

其他人不知道他们之间究竟发生过什么，也不好在这种情况下多问，更何况乔也还被绑着。郁晨有一点没说错，半个小时——最多半个小时——水会淹没屋子，乔也会没命！

即便他会游泳，也不可能一辈子闭气！

“舒婵，你也先走吧，”秦飞扬对舒婵说，“你的状况看起来实在不太好，在这里也帮不上什么忙，我们留下来想办法。”

舒婵本来就很白，因为泡了太久的冷水，苍白得好像透明的一样。所有人都担心她随时会晕过去。

她似乎不大愿意领秦飞扬的情，若有所思地看了秦飞扬一眼后，便靠在门边没动作了。

周子书哎呀哎呀地叫着游了过来，推了舒婵一把：“让你走你就走，反正你也帮不上什么忙。”

舒婵低头皱了皱眉，叹了一口气，便先离开了。

乔也问秦飞扬：“你们认识？”

秦飞扬看了一眼离开的舒婵：“舒婵吗？我从来都没见过她。”

乔也不动声色地挑了挑眉，没有再继续问，心中却思绪万千。他试着挣扎了几下，铁链十分牢固，动弹不了分毫。

“你们也先走吧，”乔也对剩下的人说，“郁晨没说错，这里很快就会被水填满，你们没必要陪我一块儿送死。”

“这，这应该只是一个游戏吧？”周子书越来越底气不足了，“闯关失败，就会被工作人员带出去，对吧？不会死亡的，我，我是冲着那一千万来的，我得先走了。”

“你想走？”秦飞扬示意拦住了他，“恐怕没这么容易。”

周子书脸色一变：“你——他们都能走，为什么我不能走？”

“别装了，”秦飞扬笑着用下巴指了指铁链上的锁，“我们都知道彼此的身份，你是一个神偷，连装着高级安全保险系统的公司大楼你都能进去，这把锁对你而言，算不了什么吧？”

“我——”周子书眼神闪躲了几下，又看了乔也几眼，负气般地转过了身，“大哥们！我是一个小偷儿！犯案累累的小偷儿！你们搞笑呢，让我救一个警察？然后呢？我救了他，这个游戏结束，他把我抓进监狱吗？”

乔也一直在盯着周子书，周子书一直表现得纨绔、胆小，但乔也觉得，他的表现似乎夸张了一些，就像专门做给人看的一样。

秦飞扬吼了他一声：“那你就能见死不救？”

“你少给我道德绑架！”周子书不知道受了什么刺激，突然动手，“老子救不救人关你屁事儿，至少老子没杀人！”

“你身上有开锁工具吧？”秦飞扬轻而易举地制服了他，“我是医生，也会带一些基础的医用工具，虽然不明显，但细心的人还是看得出来的。你一定能开这把锁，大家一起往前走不好吗？”

秦飞扬的声音虽然依旧温和，但相比之前，带着一种威胁的味道。

林思思一直抱臂靠在门边上，这时也心不在焉地劝了几句：“第一关就死人，后边还怎么过？团结才是力量嘛！”

她这劝说实在有些不痛不痒，听起来还有些气人。

“你要实在不愿意，”秦飞扬堵住了门口，“那你就陪我们在这里同归于尽吧。”

以秦飞扬的身材虽然不至于把门堵个结结实实，但周子书打不过他，更何况这所谓的医生也是个扮猪吃老虎的，他要是不救乔也，想要离开，恐怕没这么容易！

“你们没必要这样，”乔也劝秦飞扬，“这就是一个游戏，大不了水淹没密室，我被淘汰也没什么大不了的。如果真的会淹死人，那淹死我一个，也比淹死四个人来得好，不是吗？”

周子书也跟着附和：“听见了吗？连人家人民警察都这么说了，你们还跟这儿耗着干嘛？”

秦飞扬还是堵在门口，一动不动：“在毫无希望的情况下，我会做出理智的选择，但现在不是，你能打开这把锁，不是吗？”

林思思依旧心不在焉地附和了两句：“说的也是。”

周子书看他们来真的，心里有些虚，现在至少还有二十分钟左右，他想秦飞扬也只是吓吓他，再过个十分钟，他就不信他们不走！人都是怕死的，平常情况下也许会助人为乐，但生死关头，任何人都会先想着自己，他坚信这一点！

周子书贴在墙边，林思思站在乔也旁边，秦飞扬一直堵着门，从他说出“同归于尽”后，周子书就不说话了，就这么大眼瞪小眼地互相望着，看谁耗得过谁。

水位以肉眼可见的速度在上升着，很快就再一次上升到人无法站立的地步。周子书挣扎着游到门边上，遇上正堵在那里的秦飞扬。他眼中坚定异常，完全没有要离开的意思，虽然伸手扶了周子书一把，但就是没有放他出去。

“妈的！”周子书骂了一句，转过头看着乔也。乔也因为被固定住，没法儿向上游，水已经淹到了他的下巴，很快就会将他整个人都淹没了。

“你——”周子书有些虚了，喊了乔也一声，“要是我救了你，咱们通关了，你能不抓我吗？”

乔也觉得他这话好气又好笑，无奈地发出一声轻笑：“我是一个警察。”

他虽然回答了，但能感觉到，周子书问这话不过是打个幌子，他根本不在意这事儿。

“你宁愿死也不愿意不抓我？”周子书又问了一声，“你就不怕咱们都死在这儿？”

乔也意味深长地看着他，问了一句：“你怕吗？”

水已经淹到他的下唇，乔也说这话的时候，不小心呛了一口水，使劲咳嗽起来。他努力仰着头，咳出了灌进喉咙里的水后，又紧紧闭上了嘴，不再开口。

“老子当然怕了，”周子书又抓了一把头发，“老子怕死，老子救行了吧！”

林思思微笑着闪到了一边，周子书暗暗骂了几声，潜了下去。

乔也知道，周子书从问他问题的时候开始就已经打算救他了。他虽然不知道周子书是怎么想通的，但有一点他可以肯定，周子书并不怕死，也绝对不是因为怕死才救他的。

周子书会游泳，但不会专业的潜水吸气法，只能猛吸了一口气，慢慢潜下去。不出三秒钟，周子书就扑腾着被林思思拉了起来，一边甩去脸上的水一边挥手：“不行不行，不行不行不行……”

秦飞扬很有耐心：“刚开始是这样，慢慢儿来，再试一次，我们会保证你的安全。”

乔也也仰着头说了一句话：“你可以的。”

周子书缓过了一口气，又慢慢潜了下去，也许是其他三人的淡然让他安心了些，这一次他总算坚持了几十秒，大概看清了锁的构造。

“还好，这锁不算太复杂，我再来一次，应该差不多了。”也许是想快点儿脱险，这次不用其他人催了，他自己潜了下去。大概过了四十秒左右，他一只手抓着林思思用来提他的衣服爬了起来，大口大口地呼吸着，另一只手哆哆嗦嗦地拽出了一截儿铁链子：“开……开了！”

5

乔也赶紧挣扎起来，林思思帮他扯掉了身上的铁链，秦飞扬也不堵着门了，拉住周子书就往上爬。

乔也脱困后，秦飞扬也赶紧拉着他往上爬。乔也已经闭了近两分钟的气，再待下去，恐怕真的要没命了。

几个人手脚并用地爬上了梯子，直到没有了水的地方才停下来，互相扶着坐在梯子上大口喘气。

再往下看去，水已经淹没了整间密室。也许因为他们已经通过了这道关卡，楼梯通道中的水位没有再继续上升。

“吓死我了！”周子书顾不上已经掉下来的帽子，大口喘着气，用手拍了拍胸脯，“这他妈是玩真的啊！”

乔也调整了一下呼吸，抹了一下脸上的水：“恐怕是的。”

“不会吧？一千万虽然很多，也没必要玩命吧！”周子书擦了擦脸上的水，一转头就看到乔也若有所思地在盯着他。

“看什么看？”周子书有些不自然地低下了头，“要感谢老子也不用这么深情。”

秦飞扬和林思思对望了一眼，神情都有些古怪。周子书从进入密室就一直在说一千万，可是其他人，至少在这里除了周子书之外的三个人，没有一个人是冲着这一千万而来的。

如果真是冲着钱来的，面对这样的生死考验，不感到奇怪，也实属正常。

可是对其他人而言并非如此，就拿乔也来说，他是为了一个案子来的，那么遇到一些生死考验，也没什么好奇怪的。

甚至可以说，就算他真的死在这里，也没有什么好奇怪的，引他到这里、给他那个线索的人，绝对不单单只是想让他玩一个游戏。

而且之前，秦飞扬说“最多就是我们被淘汰了”的时候，除了周子书和陆林志，其他人都没有异议，是不是因为他们的目的都已经达到了？

秦飞扬和林思思也想到了这一点，他们什么也没有说，但大家都彼此明白，心照不宣。

当然，这里恐怕没有人相信周子书真是冲着那一千万来的，他一直在强调，从进入密室就没有停过。这么刻意的强调，反而有些不自然了。

至少，乔也看得出来，周子书还有别的目的，不管是进密室，还是救他。

乔也看着周子书笑了笑，道：“我很感谢你救了我。”

秦飞扬按了按周子书的肩膀，笑着对他说：“做得不错。”

周子书如同触电一般，一下子打开了秦飞扬的手。他跳到了一边，瞪了秦飞扬一眼：“少他妈碰我，”顿了一下，他又补充了一句，“不是因为你，老子会差点儿死了？”

乔也闻言挑了挑眉，低头笑了一下，没有说话。

秦飞扬笑着收回了手：“要是再来一次，我还会这么做。”

“哟，”周子书不屑地冷哼了一声，“忧国忧民，心系天下啊？就不知道是真的，还是在装腔作势。”

乔也想到他之前说的话，“至少老子没杀人！”，他究竟在暗指什么？对秦飞扬这样的态度，是暗指秦飞扬杀过人吗？

林思思不痛不痒地摆了摆手：“救都救了，还吵什么？”

乔也转头看向她，问：“刚才你完全可以离开，为什么留下来？”

“我吗？”林思思指了指自己，微微一笑，“看热闹啊，密室不就是玩个刺激嘛！”

乔也微微皱了皱眉，秦飞扬和周子书也忍不住看了她几眼，这鬼话要有人信，那就真的撞鬼了！

差不多过了十分钟，四人从刚才那场生死逃亡中缓过气来，调整好状态，才继续往上爬。

林思思走在最前面，秦飞扬紧跟其后，周子书走在第三，乔也断后。

周子书虽然最后还是救了乔也，甚至差点儿把自己的命搭上，但他从没想过要一个警察对他存什么恻隐之心。乔也的死活对他而言并不重要，他只希望，乔也不要碍了他的事儿。

林思思最先到达了下一个密室，她爬进去之后，把秦飞扬也拉了进来。周子书爬了一路，想了一路，最后一个台阶没踩稳，一下子栽了下去。

乔也反应极快，两只脚站定，一只手扒着阶梯，一只手将周子书搂住。

周子书赶紧自己扒稳了阶梯，看着救了他的乔也，“谢谢”说不出口，狂拽酷炫的话也不可能再说，实在有些尴尬，赶紧低着头几步爬了上去，拽着秦飞扬的手爬上了密室。乔也紧跟着走了进来。

所有人都进入密室后，密室就关闭了。可是之前离开的陆林志、郁晨和舒婵三人，并没有在这间密室中。

他们在另外一间密室。在舒婵进入后，门就关闭了。

自然而然，他们以为乔也等人死在了之前的密室中，水淹没了密室，也淹死了他们。

陆林志表现得很害怕了，他是一个大老板，平时养尊处优，操心的是企业的生死，从来不担心自己的生死。

陆林志能在商业洽谈上稳如泰山，能在酒会上侃侃而谈，能在开会时神采飞扬……但在这样一个满是机关陷阱、一不小心就会没命的密室里，他所会的一切都没有用了。他知道怎么让一个企业活下来，却不知道怎么让自己活下来。

七个人进来，现在只剩下三个人了！

第一个关卡就死了人，而且死了四个人！

陆林志的脸上泪混合着水，他缩在墙角蹲着，哭腔也渐渐成了呜咽：“这……这游戏真的会死人的，咱们别玩了，会死的，出去吧，走吧……”

舒婵看了他一眼，自己走到了角落，将身上的衣服拧干了，又脱下外套，拧干后，擦了擦脸上和头上的水，然后又拧了一次外套，重新把它穿在身上。

郁晨看得出她情况不是很好，问了一句：“没事儿吧？”

他问话的方式和秦飞扬截然不同，秦飞扬是温和的，能让你感受到他的关心，而郁晨的语气，就好像在问你“你死不了吧”一样，虽然也是关心，却带着一种让人不爽的直接。

好在舒婵并不在乎，她摇了摇头，就地坐下，闭上眼睛休息调整。

陆林志还在呜咽着：“不能继续了，会死人的……”

郁晨轻轻踢了踢已经紧闭的门：“你出得去吗？”

陆林志的呜咽声戛然而止，停得十分突然，就好像专门在等着一个人给他一记重击，然后顺坡下驴一样。

他抹了一把脸，一下子站了起来：“你——你能破解这个密室的机关吗？你们带我出去，我可以给你们钱，一百万！一百万怎么样？”他伸出一根手指，双眼瞪得目眦尽裂，满脸希冀，好像真的拿出这一百万，他就能活着出去一样。

“一百万？”郁晨有些戏谑地重复了一下这句话，他挑起嘴角，冷冷地笑着问，“大老板，你来这儿的目的是什么？”

陆林志的脸一下子就垮了，脸色变得铁青。他垂了眼睑：“为了钱啊，还能为了什么。”

“呵！”郁晨轻哼了一声，“那我祝你还有命拿着钱出去。”

陆林志的脸色变得更难看了！他知道不能再继续跟郁晨交谈下去，便转移目标，跑到了舒婵身边。

舒婵正在闭目养神，陆林志跟郁晨说的话，她也都听到了，她不想再听一次，在陆林志说话之前，她就先开了口："我想休息一下，别烦我。"

陆林志只好把已经到嘴边的话又咽了下去。他也不瞎，看得出舒婵的情况不太好，不敢再烦她，自己跑到一边蹲着，不过仍然时不时看看郁晨，又看看舒婵，心里急得不行。

大概过了二十分钟，舒婵感觉自己好了一些，头没有那么晕了，身体也稍微有了一些力气。

她慢慢睁开眼睛，发现郁晨正在对面看着她。

舒婵下意识地闪躲了一下目光，轻声问他："你发现什么了？"

郁晨摇了摇头："没有。"

舒婵看了他几眼，又叹了一口气，开始观察这间密室。

她走进来的时候头晕目眩，感觉到密室中尽是五颜六色，但还没注意到是什么，休息了一会儿，她才看出这是画儿。

"你看，很多画儿！"陆林志又站了起来，"我收藏过一些名画，不过也就知道个名字，还有价钱。我不知道这是什么意思，那个，你不是画家吗？你看看，你一定能找出线索的！"

舒婵被他吵得头疼，郁晨看她想起来，就去扶了她一把："没事吧？"

舒婵被他扶着，身体突然一僵。她转头看着郁晨，目光复杂，有期许，有为难。

郁晨见她一直看着自己，微微皱了皱眉，刚想要放开她，就听到她说："你……认不认识木九千？"

郁晨的眉头皱了皱，立刻回答道："不认识。"

站在旁边的陆林志也跟着怔了一下，很快又吵吵起来："现在还叙什么旧啊，先想办法出去啊！"

舒婵稍稍怔了一下，随后轻轻点了点头："我先看看这些画。”

她扶着墙慢慢地走，突然又问了郁晨一声：“你也没有线索，怎么一点儿也不着急？”

郁晨没想到舒婵会突然问他，挑挑眉：“我？无牵无挂。”

她很想问清楚郁晨关于木九千的事情，如果他不知道，那秦飞扬也一定会知道，但是她明白，现在不适合问这个问题。

“无牵无挂？”舒婵摇头笑了笑，“要是真的没有牵挂，也不会来这样的地方，参加这样一个奇怪的游戏。我相信，每个来这儿的人，都有不可告人的目的，是吧？”

郁晨挑了挑眉：“那你的目的是什么？”

舒婵丝毫没有隐瞒，笑了笑说：“爱人。”说完，她就继续研究墙上的画了。

这间密室中挂满了画，中国的水墨画、西方的油画、幼儿简笔画、毕加索的抽象画……舒婵所知道的派系，这里几乎都有。

和第一间密室一样，这些画的排列也是杂乱无章的，既没有按国籍分类，也没有按派系分类，就那么散散乱乱地挂在墙上，好像画展一样，但比画展乱得多。

舒婵转了一圈儿之后，陆林志耐不住性子问：“怎么样，有线索了吗？”

第二章

死亡倒计时

1

舒婵摇了摇头。

在舒婵观察的时候，陆林志不敢打扰她，憋着一口气等着。好不容易等她看完了，以为有什么线索了，却看到她摇了摇头。

陆林志一下子就崩溃了："怎么会没有线索呢？你不是画家吗？你……你再好好看看，是不是看漏什么了？"

"闭嘴！"郁晨吼了一声，"现在也没有能要你命的东西，吵什么吵？"

舒婵奇怪地看了他一眼，郁晨说话惜字如金，陆林志也一直都这么吵，他之前最多说一句闭嘴，这次却多了这么一句话，就好像在故意提醒他们一样。

"对——对啊——"陆林志愣了一下。的确，第一个密室中，有不断漫出来的水，可是这个密室里，到目前为止，还没有出现能要人命的东西。难道它是给足你时间破解关卡，破解不了就饿死你吗？

舒婵收回目光，又大致看了一下这些画。其实这对她而言已经没什么意义了，她过目不忘，对美术作品又极其熟悉、敏感，不用再看她也知道这些画的位置和排列了。只是，依照她对美术的了解，这些画的排列的确没有任何顺序，也没有哪一幅画有什么特殊和不同。

她试着用手去碰了碰其中几幅画，的确都是一些普通的裱框画，没有暗藏什么机关。

舒婵也希望是自己知识量不够，还看不出隐藏在其中的线索，实际上在美术行业她已经算得上顶尖人才了，连她都看不出有什么线索，其他人更没有可能了。

“行了，”郁晨扶了她一下，“休息会儿吧。”

舒婵不愿意打击他们，她没有说话就地坐了下来，脑子里想的却是另外一件事情。

她坐下来的时候，一直在看着郁晨，郁晨扶了她一下，就转身去研究那些画了。舒婵不知道郁晨知不知道自己在看她，但她总觉得，郁晨这个人太奇怪了。越是这样，她就越是想弄清楚当年那件事。

乔也、秦飞扬、林思思和周子书到达了新的密室后，收拾了一下自己，做好准备应付接下来的危险。

“舒婵、陆林志和郁晨都不在这儿，”林思思检查了一下密室，确认没有其他暗格和藏身的地方后，提出了疑问，“他们会在哪儿？”

“也许是在另外一间密室，”秦飞扬回答，“乔也被困，肯定会有一部分人离去，那么剩下的人，也许是几个人，也许是乔也自己，或者死亡，或者像我们这样，到达另外一间密室。这个环节的其中一个作用，就是把人分成两队。”

“管他们干什么？”周子书翻了个白眼儿，“他们那么能耐，自己往前走啊！”他虽然是在埋怨，却似乎还有点儿担心，在房间里摸索着，寻找线索。

乔也无奈地摇了摇头：“少一个人，也就少了一个帮手，何况这是一个游戏，不应该死人的。如果出去了，我一定会将设计游戏的神秘人绳之以法，这里的安全是不过关的，绝对不能正式营业！”

“警官，你现在想得有点儿远吧？”周子书嘲讽了一句，看到乔也转过来的目光时，又轻笑了一声，“能不能出去还是个问题呢！”

乔也笑了笑：“不用这么沮丧，还是得积极一点儿看待事情。”

“我有点儿饿了，”周子书不再搭理他，摸了摸自己的肚子，“你们说，这密室会不会给咱们提供水和食物？要是不提供——天哪！第一关咱们就花了三个小时，照这情况出不了三关咱们都会饿得走不动道儿了吧？”

“应该会的。”乔也看了看密室周围，这间密室非常空旷，四面都是大理石墙壁，只有对着门的这面墙上挂着一面 LED 大屏幕。除此之外，就什么都没有了，就连 LED 的屏幕都是黑的。

“这里摆面 LED 大屏做什么？”周子书观察了一下，“它能与外界联系？还是说，有人会通过这面屏幕给我们下达命令？”

“没有开关，”秦飞扬去找了找，包括LED屏幕周围的墙壁，“看来，我们无法自己启动这面 LED 屏幕。”

“再找找其他线索，”乔也贴着墙面一点儿一点儿地找，“现在密室中什么都没发生，我们还不会有危险，至少现在，我们还不必像在第一个密室那样一边保命一边解题，不得不珍惜时间。”

“珍惜时间。”林思思重复了一下这句话。她说这句话的时候，眼睛带着光，毕竟是曾经的拆弹专家，她对时间很敏感，也看得很重。

一个曾经的拆弹专家，比谁都明白时间的重要性。

“嗯，快找吧。”秦飞扬对林思思点了点头，又对周子书道，“朋友，字不认识，找东西没问题吧？”

周子书瞪了他一眼，假装负气地转过身去扒拉墙壁。转身的那一刻，他的眉宇间又浮现出隐隐的担忧，手指也不自觉地抠了抠面前的墙壁。

他担心舒婵，另外一间密室里的舒婵。

舒婵不知道自己想了多久，在她还没来得及回过神儿的时候，整间密室突然震动起来，就像地震一样，好一阵地动山摇。

陆林志吓得大叫了一声，跑过来抓住了郁晨的胳膊，大喊：“怎么了？怎么了？”

舒婵站了起来，踉踉跄跄地走到一个角落里站好。如果这真的是地震的话，她得用最安全的方式应对。

突然，她感觉有什么东西推了自己一把，人就不受控制地往前扑去。

摔倒之后，舒婵慢慢爬了起来，听到郁晨大喊了一声“小心”，舒婵回应了一声，继续扒着墙壁站好。

郁晨被陆林志死死地吊着胳膊，恨不得一脚把陆林志给踹出去。郁晨本来也在墙角站着，不过陆林志已经把他挤了出来，他气得想骂人，又懒得跟陆林志一般见识，便瞪了陆林志一眼，不再说话。

陆林志还在“啊啊”大叫，带着哭腔，鬼哭狼嚎一样。

密室的震动大概持续了两分钟，震感终于变弱了。舒婵呼了一口气，贴着墙壁滑倒在地上。这时，震感已经几乎感觉不到了。

他们不得不庆幸这间密室中没有其他什么东西，画儿也固定得很好，否则这样的震动，震下来的重物足够把他们砸死！

郁晨甩了一下自己的胳膊，陆林志赶紧放开他，大口呼了几口气，卸了力似的坐倒在地上。

“嗯？”陆林志缓过来之后，看了看两边的墙壁，疑惑道，“房间，房间——好像变小了。”

“嗯，”舒婵也点了点头，“我刚才感觉到有什么东西在推我，其实就是这面墙，”她指了指刚才发生移动的墙壁，“墙壁在移动，我们进入这间密室，大概有一个小时了吧？”

“差不多。”郁晨点点头。

陆林志的声音又带上哭腔：“就是说，每过一个小时都会这么折腾一回？这密室本来就这么小，那岂不是过不了多久，咱们就成夹心饼干了？”

郁晨也坐了下来：“这个房间就是机关。”

舒婵没有说话，也没有什么表示，整个人好像入定了一样，带着一种超脱生死的淡然和静寂。

舒婵的反应，让整个密室都显得压抑。郁晨本来话也不算多，陆林志虽然害怕，但知道舒婵不喜欢吵闹，而破解机关的希望又全在舒婵身上，所以他不敢多话，只能憋着。

最初密室之中没有什么危险的东西，他们还没有这么害怕，尽管着急，但心要静得多，而现在几乎是数着时间等房间变小，房间变小的同时，有一些画也会被挤烂。如果真的破坏了什么线索，那他们就只能在这里等死了。

而且是一种极其难看的死法！

活生生的人，会被两面墙挤得骨头断裂、皮肤开裂、鲜血喷涌而出，到时候，连人形都没有了，就成了一摊混着血水的烂肉！

陆林志越想越害怕，忍不住哆嗦起来，他最胖，他会是第一个被夹死的人……

郁晨、舒婵和陆林志所在的密室发生震动之时，乔也、林思思、秦飞扬和周子书进入新密室大概也有半个小时了。震感很明显，连他们也感觉到了，但这次震动没有给他们所在的密室带来任何影响。

“这是……意外？”震动停止后，周子书不太确定地问了一声。

秦飞扬摇了摇头：“恐怕不是。”

乔也也不太相信这是意外：“这是什么地方？山城啊，哪儿会那么容易发生地震！恐怕，是舒婵他们……”

“你是说，舒婵他们所在的密室发生了地震？”周子书的脸色不太好看，“不会有什么危险吧？”

“应该是炸弹。”林思思一边说，一边敲了敲墙壁，“有些微型炸弹，声音不大，但也能引起强烈的震动，这种炸弹也能炸死人。”

这事儿越说越玄乎，周子书瞪着眼睛道：“难道……难道他们已经被炸死了？”

“不会的，”乔也摇了摇头，“不可能这么快，而且我们这边也有震感，说明离得不远，这密室虽然密封，但也是通风的。如果是炸弹，我们早就闻到硫黄味儿了。”

秦飞扬点了点头，林思思扯着嘴角笑了笑：“有道理。”

乔也又观察了一下墙壁：“应该只是什么机关启动引发的震动，行了，先顾眼前吧。”

他们在密室中找机关找了半个小时，仍旧没有找到启动LED屏的方法，也没有找到其他任何有关的线索。

“这面LED屏恐怕真的不能被玩家启动，”秦飞扬说的话虽然丧气，但语气并不丧气，他只是理性分析，“我想，到了什么时间，它也许会自己打开的。”

他还真猜对了！

又过了差不多三分钟，LED 屏一下子亮了起来。

2

同时，LED 屏旁边的墙壁出现了一间暗阁，里面放着一个箱子。

周子书将箱子拿了出来，箱子上只有一把简易的文字密码锁。

这时，LED 屏幕上出现了“红、黄、蓝”三个字，过了一会儿，又出现了一次，不过已经改变了顺序。

“Stroop Test 测试？”秦飞扬一看屏幕，就说道。

乔也听说过这个测试，这是心理学中很常见的一种测试，但具体的他就不太清楚了。

周子书完全不明白，他看得眼花缭乱：“这是什么？”

“关于干扰学说的一种测试。”秦飞扬一边说，一边盯着屏幕，他看得非常认真，生怕错过任何线索。

当“红、黄、蓝”的字出现了大概两分钟之后，又出现了同样的三个字，不同的是，“黄”字是红色的，“红”字是蓝色的，而“蓝”字是黄色的。

周子书大叫：“这又是什么？”

“还是 Stroop Test 测试，”秦飞扬解释着，“第二关。”

Stroop Test 测试一般会有三关，不过 LED 屏幕上只出现了两关，然后就结束了。接着，屏幕上出现了一个十秒钟的倒计时。

5！

4！

3！

2！

1——

屏幕顿时熄灭了！

“你还懂这个？”乔也狐疑地看着秦飞扬，“你不是外科医生吗？”

“我本科拿了双学位，心理学，硕士选的外科，最终也从事了外科工作。”秦飞扬转头对着他笑了笑，“略懂一二，如果舒婵在这儿，应该稍微看一下就行了。”

舒婵是心理医生，而且过目不忘，他们都知道，可秦飞扬现在提及舒婵，颇有点儿转移话题的意思。

乔也刚想开口，屏幕又亮了，上面出现了几行字：“第一关第三排中间的字、第二关第一排第三个字、第二关第七排第三个字的颜色。”

乔也虽然也在努力记忆，但他没做过这种测试，也没有舒婵那过目不忘的本事，虽然记住一些，但看到这些问题后，还是有心无力了。

周子书愣愣地看着屏幕，又愣愣地看了看秦飞扬：“你记住了吗？”

“等一下。”秦飞扬闭上了眼睛，他在思考。

乔也不再说话，对着周子书做了个噤声的手势。周子书抱着箱子，走到秦飞扬面前看着他，一句话都不敢说，生怕打扰了他。

时间一分一秒地过去，秦飞扬一直紧紧皱着眉头，瞳孔偶尔剧烈地收缩一下，额头上渗出了点点汗珠。

密室内还是无人说话，所有人都在维护着这份安静。

终于，差不多过了五分钟，秦飞扬慢慢睁开了眼睛。

他眼中有些红血丝，神情也有些奇怪。他伸手，拿过周子书手中的箱子，输入了密码。

“咔嗒”一声，锁开了！

周子书打开了箱子，立刻眉开眼笑：“是吃的！哎！是吃的！”

箱子里是矿泉水和面包，分量不少。

乔也笑着递给秦飞扬一张纸巾：“秦医生，看来你也有过目不忘的本事！”

秦飞扬苦笑了一声：“我哪儿有什么过目不忘的本事？测试题不过那些，当年为了考试背了不少，我只是记了个大概，然后找出对应的测试题罢了。”

乔也礼貌地笑了笑，心中的疑惑却越来越多。

周子书正在开心地给大家分食物，LED 屏突然又转换了画面。

“是他们！”周子书一看，大吃一惊，手中的食物掉在了地上。

屏幕上出现的是舒婵、郁晨和陆林志！

陆林志在墙角蹲着，满含希望地看着舒婵。舒婵在另外一个墙角坐着，看起来像是入定了一样，虽然睁着双眼，但双目无神，只是定定地盯着某个地方，看不出来她在想什么。郁晨在离陆林志不远的地方坐着，表情还是那样似笑非笑的。他没有舒婵那么淡然，也没有陆林志那么着急，他看起来很冷静，不是舒婵那种心如死灰般的冷静，而是好像什么事情都没有发生过的那种冷静。

比起舒婵，他更让人感到奇怪。

秦飞扬的眉头一下子皱了起来，他死死地盯着屏幕中的郁晨，手上的面包都被捏成了两段儿。

“他们看起来没有什么危险，”乔也不动声色地安慰他，“至少都还活着。”

周子书盯着屏幕看了一会儿，心急地问：“可是给我们直播他们的闯关现场干什么？”

乔也摇摇头：“这也是我疑惑的事情，吃的给他们留一些，目前看来，他们还没有得到水和食物。”

周子书默默地将撕开的面包又封了起来，微微皱了皱眉。

从屏幕上出现舒婵三人的画面后，就再也没有任何变化了，密室中也没有其他变化。秦飞扬说的没有错，LED 屏并非他们所能控制的，到了特定的时间，它自己就会呈现出某些画面。

为了保持体力，大家都先喝了点儿水，吃了一些东西，同时观察着屏幕上三人的情况。

舒婵、郁晨和陆林志一直保持着静止的状态，谁也没有动。

大概过了半个小时，舒婵才开口：“抱歉，我可能想不到线索了。”

陆林志的嘴角抽搐起来，他似乎想说什么话，又完全说不出来。就这么抽搐了差不多一分钟，他才说出话来：“怎……怎么会呢？还有时间呢，你……你再想想。”

郁晨没有说话，他好像已经预料到了什么，站了起来，也找了一处墙角待着。

他刚走到墙角不到两分钟，地面就再一次晃动起来。

陆林志哇哇大叫着贴紧了墙角，舒婵也努力站了起来紧贴着墙壁站稳。

乔也他们感受到了震动，但这震动对他们而言并不非常明显，即便不扶着墙壁，也能够站稳。

“看来你说的没错，”秦飞扬看了乔也一眼，“刚才发生的震动是机关启动导致的，看来是专门针对他们所在的密室的。”

“没错，”乔也点头，目光里带着担忧，“很明显，他们对这场‘地震’已经不感到意外了。”

晃动持续了两分钟，之后慢慢停了下来。

郁晨摸了摸旁边的墙壁，轻笑了一声：“果然，又变小了。”

他的语气淡淡的，好像并不担心，就像他之前跟舒婵说的，无牵无挂。

舒婵看了一眼旁边的墙壁，又坐了下来，没有说话。

陆林志踢了一下旁边的墙：“怎么办？这可怎么办？”

“急什么？”郁晨观察了一下墙壁和画之间的距离，“墙壁一次大概缩进二十厘米，两边就是四十厘米，照这个密室的大小来说，咱们至少还能挺三个小时。”

舒婵发现，在危险的情况下，郁晨的话倒是多了一些，但是他多出来的这些话，实在不太招人待见。这些话虽然冷静、理智，却一点儿感情都没有。

郁晨的语气很轻松，可现场的情况实在是一点儿也不轻松。陆林志听了之后，表情更丧了，他爬了几步后跑到舒婵面前：“你……你不会真的想不出办法了吧？”

舒婵看都没看他，淡淡地“嗯”了一声，就没说话了。

陆林志一下子瘫在地上，一句话都说不出来了。

“移动密室？”听完几人对话，乔也开口道，“每隔一个小时，他们所在密室的两面墙壁之间的距离会缩短四十厘米？”

“嗯……”秦飞扬应了一声，“墙壁上有很多画，可是舒婵好像并没有从中找到什么线索。”

“所以，”周子书有些着急，“播放这个给咱们看，就是为了让咱们看着他们怎么变成夹心饼干吗？”

“这也太变态了吧？”似乎察觉到自己反常得太厉害了，周子书又故作恶心地咧了咧嘴，“那多恶心？”

乔也没好气地瞪了他一眼：“不可能，既然让我们看，就说明我们应该能帮到他们。”

“你开玩笑吧，警官？”周子书还是忍不住开口道，“就咱们现在的处境，除了有几个面包和几瓶水之外，还有什么比人家好的？再说咱们这密室也空空荡荡的，你能找出来什么线索帮他们？”

乔也不再搭理他，继续盯着屏幕，连面包也顾不上吃了。

周子书看向了屏幕，嘴里嘟嘟囔囔的，不知道在说些什么。

周子书的演技实在算不上多好，乔也早就看出来了，他和舒婵一定有什么关系。毕竟他和陆林志争锋相对，和郁晨也没什么关系，而他本身也不是悲天悯人的性子，这么担忧，只可能是因为舒婵。

他和舒婵，应该是情侣关系。

秦飞扬的表情越来越难看，他一直盯着郁晨，一动未动。

尽管秦飞扬从来没在乔也他们面前提起过郁晨，但他们肯定认识，而且很可能是兄弟。就算他们曾经发生过什么不愉快，彼此之间还是会关心的吧？

乔也现在也安慰不了他什么，只能仔细观察屏幕中的密室，看能不能找出什么线索。

“一千万！去他妈的一千万！”周子书气得踢了一下墙壁，又狠狠啃了一口手里的面包。

乔也看了周子书一眼，他双眼充血，刚才那阵闹，是在掩饰自己的情绪。

屏幕中能看到的东西有限，即使这样也不难看出，这间密室里面，除了满墙的画，什么都没有。

“这些画到底是什么意思啊？”秦飞扬抓了抓自己的头发，“花花绿绿的，完全看不懂啊。”

乔也拍了拍秦飞扬的肩膀：“郁晨说了，还有三个小时，时间还长，冷静点儿。”

秦飞扬转头看了看他，舒展了眉头，却还是藏不住眼中的担忧。他点了点头，又扶了一下眼镜：“嗯，我知道。”

本以为像郁晨说的，他们还有三个小时的时间去找线索，去求得一丝生机。

谁知道，才过了半小时，密室又一次摇晃起来。

3

不出所料，陆林志的惨叫声再一次在密室中响起。

舒婵也很震惊，她已经做好了一个小时后再次面临震动的准备，没料到才过了半个小时，机关就又启动了。她无措地支撑起身体，爬到了角落。

郁晨一直都待在角落里，他稳住了身体，又面无表情地伸手拂掉被挤烂掉在头上的画。

“怎么会这样！”周子书一下子站了起来，又跑到了 LED 屏前，“这最多也才半个小时啊！”

“游戏规则改变了呗，”林思思漫不经心地扔掉了手中的面包纸，“这叫作……难度升级？”

“难度升级？”乔也转过身，微微眯起双眼盯着她，语气也变得有点儿冷，“你把人命关天的事情叫作难度升级？”

乔也是个警察，就这么平平常常说话的时候，也带着一股威严，更别说生气的时候，话语中更带上了一股审讯般的味道，让人莫名地感到压力。

林思思却完全不吃这套，她似笑非笑地看了乔也一眼："怎么？想教育我啊，这要放在几年前，我还真吃这一套，现在……"她轻哼了一声，低头不语。

乔也疑惑地看了她几眼，始终猜不透她在想什么。他摇了摇头，走到林思思面前，一字一句道："我是一个警察！"

字字铿锵有力！

这句话很简单，其中的含意每个人都懂，警察这个职业，生来就要面对危险，生来就是在危险中拯救他人。

他们刀山火海、披荆斩棘，从未想过谁能在危险中把他们给捞出来。

若有，为幸运；若没有，则坦然面对。

乔也是一个警察，他站在那里，昂首挺胸，便如一座泰山，不可撼动！

林思思听到这句话的时候，身体明显僵了一下，她依旧低着头，不知道在想什么。

寻找线索的时间紧迫，乔也没办法在这个时候再问什么，只好先离开了。他不知道是不是自己听错了，在转身的时候，似乎听到了一声轻微的抽泣声。

乔也又转头看了看林思思，周子书却一把把他拉了回来："看什么看，人还救不救了？"

"停了——！"秦飞扬的声音传了过来，他好像虚脱了一样，说话都软绵绵的。

周子书和乔也立刻奔了过去，乔也扶了秦飞扬一把，担心地问："秦医生，你没事吧？"

秦飞扬摇了摇头，伸手擦了擦额头上的汗，又舔了一下有点儿发白的嘴唇。乔也赶紧拿了一瓶水递给他："别担心，他们暂时还没事。"

秦飞扬勉强地笑了笑，接了过来，又看向了LED屏幕，喃喃道："到底要怎么样……才能救他们？"

另一间密室的三个人，同样也在想这个问题。

陆林志已经要崩溃了，他不懂画，但数学还是懂的。陆林志哆嗦着缩在了墙角："这——咱们是不是只有一个小时了？"

舒婵的脸色很不好看，她的时间概念没有这么强，但也知道相比前几次机关启动，这次的时间短了很多。舒婵的声音越来越虚弱无力："如果不再缩短启动时间，那就是一个小时。"

"啊——"陆林志哆嗦得更厉害了，"不会吧，时间再缩短，咱们……咱们就真的没命了！"

郁晨慢慢地坐了下来，他还是那样面无表情，一句话也不说。

舒婵静静地看了他一会儿，突然笑了起来。她望着郁晨道："看来，你之前说的是真的。"

郁晨抬起了眼睑，略带疑惑地皱了皱眉："嗯？"

"你无牵无挂，"舒婵重复了他之前说的话，"我信了。"

郁晨低头笑了一下，笑容有些苦涩。

最多还有一个小时，如果没有奇迹发生，他们就会死在这里，而且是极其难看的死法。

陆林志已经神志不清了，眼神涣散地坐在地上，嘴里不知道嘟囔着什么。舒婵脸色已发白，尽管她还笑得出来。

舒婵笑得并不算太好看，但她已经尽力笑得好看了。她有些累，换了口气，才继续说话："其实我也没多少牵挂，可我依旧会怕，毕竟……这个世界上让我们留恋的东西，远比让我们埋怨的多得多，不是吗？谁又舍得轻易地死去呢？"

“所以，”她看着郁晨，目光不同于她身体状况的发亮，“你是觉得这个世界根本没有任何值得你留恋的东西了，牵挂的、不牵挂的，都一样，是吗？但凡你还有点儿留恋，哪怕是钱呢，你也不应该这么淡然。”

闻言，郁晨笑了一下：“还有一种可能。”

舒婵问：“什么？”

“心如死灰。”

听到这句话，舒婵倒没有多强烈的反应，秦飞扬却踉跄了一下，额上的冷汗冒了出来。

秦飞扬愣了片刻，眉头紧紧地皱了起来，他望着屏幕上的郁晨，握紧的双拳也在微微颤抖。

乔也一直在盯着他，等他状况稍微好了一点儿后，才试探般地开口：“你们是亲兄弟，是吗？”

秦飞扬猛地转过头看着他：“乔警官，你什么意思？”

乔也挑了挑眉：“长得一模一样，你又这么关心他，谁会相信你们真的没有关系，他说无牵无挂，是因为你们之间发生过什么事情吧？”

说完，乔也意味深长地问秦飞扬：“秦医生属哪个科室？”

秦飞扬稍稍愣了一下，他看到周子书也抬起头来看着他，双手的手指交织在一起不断揉搓。看得出来，他非常紧张。

秦飞扬淡淡地看了周子书一眼，之后温和地笑着回答乔也：“我不是说了吗，外科。”

周子书不阴不阳地来了句：“这医生的手也没少沾血吧？”

秦飞扬稍稍愣了一下，之后又笑着点头：“经常做手术，当然。”

“是吗？”乔也笑了起来，“那太好了，相信秦医生也看出来了，这个密室游戏是在动真格的。如果有人受伤，就麻烦秦医生了。”

“这是我的天职，”秦飞扬点了点头，“也要麻烦乔警官，保护大家的安全。”

乔也笑着点头：“这也是我的天职。”

说完，他们两人又不约而同地看向了LED屏幕，看向了郁晨。

郁晨这一笑，把舒婵和陆林志都笑愣了。陆林志哆嗦着看着他，舒婵说了一个“你”字，就不知道该说什么了。

郁晨看了舒婵一眼：“你说那些话的时候，很像我的一个故人。”

“故人？”舒婵问，“很好的故人？”

“不是。”郁晨摇了摇头，不再说话。

舒婵没有继续问下去，她是个感性的人，也愿意尊重别人的隐私，可她还是忍不住问了另外一个问题，一个她已经问过的问题。

“你……真的不认识木九千？”如果说第一次问是疑惑的话，那么这一次，舒婵则带了一点质疑。

郁晨没有回答，反问她：“他是谁？你的爱人？”

“不是。”舒婵没有隐瞒。

舒婵不知道是不是自己看错了，就在刚才，她好像看到郁晨的目光中带了一丝危险，但是转瞬即逝。

随后，他换了个姿势坐着，说：“我是个宅男，认识的人不多。”

舒婵应了一声，没有再深究这句话里的意思，反正他最终想表达的，就是他并不认识木九千，也跟她的旧事没什么关系。舒婵对此抱着怀疑态度，但再问下去已没有什么意义了。

这时，陆林志开始呜咽，他嘟囔着：“快了……快了……”

确实快了，离机关的下一次启动，已经不剩多少时间了，恐怕下一次启动之后，他们三个人就要挤在一块儿了。

舒婵叹了一口气，没有接话。郁晨破天荒地看了陆林志一眼，接了一句：“死亡倒计时。”

陆林志听了，呜咽得更厉害了，可反应最大的不是他，而是另外一间密室中的林思思。

林思思本来一直埋头坐着，在听到这句话的时候，突然抬起头来，轻轻重复了一下：“死亡倒计时——”

死亡倒计时，对一个拆弹专家来说，这是很熟悉的字眼，也是很熟悉的场景。

她说完后，竟然低低地笑了起来，笑得阴森森的，让人听了毛骨悚然。

秦飞扬和乔也转过头来，看到林思思的模样，秦飞扬立刻冲了过来，一只手搭在她的肩膀上，神情严肃：“林思思，你没事吧？”

“没事啊，”林思思冲着他笑了笑，“又不是我要死了，我能有什么事儿？”

话是这么说，秦飞扬却看到她的眼睛有些发红，像是刚刚哭过的样子。乔也也看到了，他不禁又想到，刚刚听到的是抽泣声。

秦飞扬似乎有点儿气她说的话，看她确实没什么事儿，又跑到屏幕面前去了。周子书也一直盯着屏幕，手上的面包都快抓烂了。

“行了，”这时，林思思站了起来，语气还是那么不咸不淡的，“你们在这儿着急又有什么用？很明显，咱们除了看这场直播之外，什么都做不了，至少目前是这样的。特定的时间播放特定的内容，你们还能顺着屏幕爬过去不成？”

乔也本来想说几句重话，转过头看到她那发红的双眼，又说不出来了。他叹了口气，道：“总比坐以待毙好！”

林思思没有否认，但依旧不以为然，她撇嘴笑了笑，坐到一边吃面包去了。

4

林思思的话虽然说得不好听，但也是事实，乔也等人心知肚明。他们已经找遍了密室内所有的地方，最终，除了这面屏幕给他们提供的线索外，他们什么都没有获得。

屏幕就是整个密室唯一的道具，他们只能在这里获得线索，却无法寻找，只能等待——

等待到了某个特定的时间，屏幕里出现新的信息。

可是这种等待，实在让人煎熬！

大概又过了半个小时，不出意外地听到LED屏中传来一声惨叫，之后便是一阵地动山摇。

所有人的注意力都被吸引了过去，乔也深深地皱起了眉头，秦飞扬直接冲到了LED屏面前，双手狠狠地拍在了上面：“办法在哪儿？办法到底在哪儿？”

“你别着急，”乔也安慰着他，“你也知道，LED屏我们没办法操控，就算有办法，恐怕也得等着。这还不是最后一次机关启动，还有时间！”

乔也说话间，舒婵他们所在的密室已经缩小到不足一个卫生间大小了。刚才他们还能一个人占着一个角落，现在只能并排着挤在房间里，就算坐着也伸不开腿。他们干脆站了起来，至少房顶和地板还没有缩小。

陆林志站起来，肚子已抵着墙， 便使劲儿收着肚子，忍不住想哭：“完了完了完了，这回真的完了……”

舒婵和郁晨还算轻松一点儿，至少还能以自身为中心稍稍活动一下。如果密室的机关再启动一次，不管是肚子抵着墙的陆林志，还是能活动的他们，都逃不过一死。

舒婵想问的都问了，死得有遗憾，但也找不到弥补的办法了。好在除了这件事之外，她也的确算得上无牵无挂了，所以害怕归害怕、不舍归不舍，她还没有陆林志那么大的反应。

她没有做完的，周子书会去做，如果郁晨果真撒谎了，那么他们一起死了，也不冤！

陆林志毕竟是一个老板，有自己的公司，有自己的财产、家庭。说不定，还有自己的情人……还有他来参加这个游戏的真正目的。

至于郁晨——谁也猜不透他。

反正就舒婵看来，他还是那么冷静，面无表情，就连离开墙角站起来保命，都是那么自然而然，一点儿都没有面临死亡的恐惧和慌乱。

在震动结束后，LED 屏幕上的直播画面竟然消失了，陷入了一片黑暗。

秦飞扬一愣，一直扶在屏幕上的双手猛烈敲打起来：“怎么回事儿？他们人呢？”

“秦医生！”乔也把他拉了过来，“你冷静点儿，要是不小心敲坏了，我们就一点儿希望都没有了。”

“哎哎哎，亮了亮了！”周子书指着屏幕大叫起来。

乔也和秦飞扬看了过去，刚才黑屏的 LED 屏幕果然又亮了起来，不过并不是密室的直播，而是一个指纹解锁的画面。

“这是什么意思？”秦飞扬疑惑地看了看乔也，心中又燃起了一丝希望。

乔也摇了摇头："我也不知道。"

他话音刚落，LED 屏幕上出现了文字。

"只有上一个关卡中被困住的人的指纹才能打开逃生通道，你可以选择救或者不救。"

"被困住的人？"秦飞扬愣了愣，随即，所有人的目光都集中在了乔也的身上。

上一个关卡中，虽然所有人都被水牢般的密室困住了，唯一和其他人不同的，就是开门后被铁链困住的乔也，只有他的指纹才能打开密室的逃生通道。

"秦医生你说的没错啊，"周子书指着屏幕笑着说，"给咱们现场直播果然是有原因的，咱们还真能帮上忙。"

"乔警官——"秦飞扬看向他，语气中带着七分憧憬、三分乞求。很明显，他相信身为警察的乔也，可是——

可是在乔也被困住的时候，另外一间密室的人却弃他而去。除了舒婵是他们劝走的，陆林志和郁晨都是主动离开的，不留一丝情面。

"我明白了，"周子书后知后觉地分析起来，"这环节设定有点儿意思啊，也亏着是咱们乔大警官，要是对面那位陆大老板，或者我——啧啧，密室的人可就没救了。"

"幸好，"周子书心有余悸地拍了拍胸口，"幸好我上一关救了你，乔警官，赶紧的吧！"

秦飞扬也满含期待地看向了他。

乔也却没有行动。

过了差不多三十秒，周子书终于发现不对劲儿了，他用力推了乔也一下："他妈什么意思，你不会不救人了吧？"

秦飞扬的脸色也变了，说话的声音都颤抖了："乔警官，你……什么意思？"

乔也看了看他们，道："人我会救的，只不过……我想知道点儿事情。”

秦飞扬当然明白乔也指的是什么，周子书也明白，他已经等不下去了，开口就说：“说说说，老子什么都说！”

“不用你说，”乔也制止了他，“你的事儿我知道得差不多了。秦医生，还是你来说说吧。”

周子书愣了一下，反应过来后，赶紧催促秦飞扬：“都人命关天的时候了，还有什么不能说的，快说啊！”

秦飞扬皱着眉头，为难至极。他死死盯着屏幕，盯了至少两分钟，才咬牙道：“他是我弟弟！”

乔也点点头：“继续。”

周子书也上前两步，紧紧盯着秦飞扬。

“我跟他之间，有一个误会，天大的误会。因为这个误会，他一直都在恨我，也不愿意见我。我来这破地方，就是为了找到我弟弟，跟他说清楚这件事，解开这个误会！要是他死了，要是他死在这儿了……”秦飞扬突然抓住了乔也的手，死死抓着，“那我来这里就没有任何意义了。乔警官，我求你了，你救救他们行不行，救救他们！”

“误会？”乔也看了看屏幕，“真的是误会吗？”

“没时间了，”秦飞扬抓得更用力，像是要把乔也的骨头捏碎，“你要知道什么，救了他们，我什么都告诉你，现在没时间了，你必须救他们！”

乔也忍痛抽了抽胳膊，知道时间不多了，秦飞扬现在的状况也实在不适合多问，再逼下去，他恐怕就要疯了！

“好，我救。”乔也终于开口，秦飞扬赶紧放开了他，紧张地盯着屏幕。

乔也说完，伸出大拇指，按在了指纹接收系统上。

LED屏幕发出了一声“叮咚”的提示音后，画面又切回到那间密室中。

本来静寂的密室突然发出一声机关启动的声音，陆林志立刻吓得大叫起来："我要死了要死了，这回真的要死啊——"

"不对——"舒婵的脸色本来也不好看，不过片刻，她就发现有点儿不对劲儿了，"这不是之前机关启动的声音，而且……密室也没有震动。"

"嗯。"郁晨低低地应了一声，之后他所站的一边，整面墙壁像是门一样，向上移动，打开了一条通道。

虽然这面墙只有一人大小，但通道也足够他们逃生了。

"走吧。"郁晨看了一眼还在缓缓上升的墙壁，率先走了出去。

舒婵也跟着走了出去，叫了陆林志一声。陆林志恨不得马上跑到他们前面去，但这空间只有这么大，他只能紧紧跟在后面。陆林志拉住了舒婵的胳膊："咱们，这是得救了？"

舒婵厌恶地看了一眼他的手，扭了扭胳膊："嗯，你放手吧。"

陆林志讪讪地放开了手，擦了擦额头上的汗："没死就好，没死就好。"

舒婵有些不解，半疑问半自问道："我们到底是怎么得救的？"

郁晨没有回头，一直往前走着："这重要吗？"

舒婵抬头看了他的背影，更疑惑了："不重要吗？难道你觉得，我们一直都会有这么好的运气？"

郁晨轻哼了一声，没有再回答。

舒婵的眉头皱得更紧了。她是个画家，也是个女人，天生就敏感，绝对不能像陆林志一样只要得救就可以什么也不想。她不但想了，还想得很多。

而她想的一切，都和面前这个神秘的男人脱不了干系。

逃生的通道，正好通向了乔也等人所在的密室。

当郁晨、舒婵和陆林志走出来，看到乔也他们四人的那一刻，表情精彩极了。

郁晨还算好，他最先走出来，见到乔也等人，只是挑了挑眉，最后目光停落在秦飞扬的身上，看到秦飞扬着急的样子，神情有了片刻的动容。但仅仅是片刻，随即他就恢复了一脸冷漠。

秦飞扬经历了刚才的事情，却是难言的激动，但察觉到郁晨的抗拒后，神色又慢慢变得黯淡，最终也只是说了句："没事就好。"

舒婵第二个走出来，她愣了一下，随后惊喜地小跑了几步："乔警官、秦医生，你们都没事？"

"我们没事。"乔也笑着拿起一瓶水，拧开了递给她，"吃点儿东西，你脸色看起来不太好。"

舒婵接过来喝了一口，又接过了周子书递过来的面包。她对周子书笑了笑，又颇有深意地看了秦飞扬几眼。

周子书也跟随着她的目光看向了秦飞扬，若有所思。

最后走出来的陆林志表情可谓是悲喜交加，泪痕还没干，带着劫后余生的笑意，等看到乔也等人时，笑容却又瞬间僵住，变成了满脸的错愕。他不会忘记，在乔也被困时，他是第一个离开的。

周子书啧啧叹了两声，语气阴不阴阳不阳地说："陆大老板之前不是逃得挺快的嘛！"

陆林志错愕地在门口站了很久，才尬笑着挠着头走了进来："误会误会，都是误会。那情况我也帮不上忙不是？我也不会游泳，还得拖累你们，大家没事儿就好，没事儿就好啊哈哈——"

"切！"周子书不屑地哼了一声，还是按乔也的吩咐，把面包和水分给大家了。

只可惜他们还没来得及吃，通道的门就一下子关闭了。同时，密室中响起了"嘀嘀嘀"的声音。

林思思一下子站了起来，手里的水和面包也掉在了地上。

她的脸色变得非常难看，前所未有的难看。她微微颤抖着说：“这是——炸弹——！”

其他人的脸色也立刻变了，林思思曾经是拆弹专家，专业性毋庸置疑。

周子书仍然心存侥幸，试探地问：“你不会又在逗我们吧？”

乔也伸手按住了他，摇摇头道：“这次恐怕是真的。”

刚刚来到这间密室、不明真相的三人更蒙了，他们刚刚死里逃生，甚至还没反应过来，现在听了林思思的话，都拿着面包和水愣住了。

秦飞扬看了一眼乔也，勉强地点了点头：“我想也是真的。”

乔也问林思思：“倒计时炸弹？”

“没错！”林思思转头看向乔也，“这次，才是真的死亡倒计时。”

5

“靠！”周子书骂了一声，指着陆林志道，“合着救他们就是这个下场？那个门关上了，炸弹就会启动，是不是？妈的！真不该救你们！”

他虽然骂得难听，却也没骂几句，更何况无论如何，他一定会救舒婵。他演技拙劣，却又不自知。

“行了，”乔也瞪了他一眼，“不救他们你就安全了？这可是密室逃脱。”

“乔警官，活生生的事实啊！”周子书还想继续说下去，看到乔也警告的眼神后，才摊了摊手，瞪了陆林志一眼，顺坡下驴地不再继续，“那现在怎么办？”

乔也自然而然地看向了林思思。

“有把握吗？”他问。

“这可不好说，”林思思啃完了最后一块面包，又喝了一口水，拍了拍手道，“很明显，这枚炸弹是被隐藏起来的，我们拆除炸弹之前，得先找到这枚炸弹。毕竟，我只是个曾经的拆弹专家。”

她说着，颇有深意地看了一眼周子书。周子书想到之前说的话，讪讪笑了一声道：“那也是拆弹专家。”

林思思冷笑了一声。

陆林志也反应过来了，他从上个密室到这个密室，也算经历了一场大喜大悲，现在连崩溃的力气都没了，面包也吃不下了。他瘫坐在地上，双目发愣地望着地上，时不时发出一声绝望的哼声。

乔也看到林思思这个样子，反而放心了许多。他走过去，挡在了林思思和周子书之间，柔声问：“你能找到那枚炸弹，对吗？”

谁知道林思思也没给他什么好脸色，白了乔也一眼：“我跟你说了，少跟我来警察那一套，软的硬的在我这儿都行不通！”

乔也虽然吃瘪，但也不恼，沉了口气，道：“林小姐，不管你跟警察之间有什么恩怨，也不管你跟我之间有什么恩怨，咱们出去之后可以慢慢解决。当务之急是拆除炸弹，大家的命都握在你手里了，还请你分一下轻重缓急。”

林思思慢慢垂下眼睑，陷入了沉默。

其他人都不敢打扰她，也不敢问，但那炸弹倒计时的“嘀嘀”声就好像魔障一般，充斥在密室的每个角落。所有人都在着急、害怕，都忍不住逼着林思思去拆了定时炸弹。

差不多过了一分钟，林思思终于慢慢抬起了双眼。她又轻哼了一声，道：“出去？那我的恩怨就更解不开了。”

乔也皱起了眉头，看了看密室中的众人，心急道：“你……”

“行了，”林思思瞪了他一眼，“闭嘴吧，听我说。要我拆弹不是不可以，不过在此之前，你们得先听我讲一个故事。”

“故事？”周子书难以置信地跑到她面前，“大美女，您不是跟我开玩笑吧？这炸弹在倒计时呢，您给我们讲故事？”

“还有时间，我听得出来，”林思思转身靠在了墙边，“要么听故事，我拆弹；要么大家一块儿死在这儿，你们选吧。”

“听！”周子书当机立断，“不就是故事嘛，听！不过，你捡重要的说啊，咱尽量别浪费时间，好吧！”

陆林志哆哆嗦嗦地点头附和：“对对对，言简意赅，言简意赅啊。”

林思思终于开始讲她的故事了。

“以前，有一个士兵，他非常优秀。正因为他太优秀了，就被将军选中，派去敌军做了间谍。间谍是一个很危险的任务，他必须获得敌军的信任。为了这一点，他毛遂自荐，装成了敌军的间谍潜回自己的军队。本来他只需要破获一桩疑案，立个功，进入核心，就能获得敌军的信任。谁能想到，那个案子偏偏是敌军的人犯下的。而这桩案子本身也经过了精心的设计，士兵抓住的犯人不过是一个替罪羊。将军心知肚明，但为了他的间谍计划，也就默认了……

“谁知道，那时军队新来了一个士兵，血气方刚，聪明得很。他不知道间谍计划的事情，查出了案子的疑点，于是推翻了整桩案子。他调查得没错，案子没有那么简单，抽丝剥茧还能查到敌军阵营，可是……可是……间谍计划失败了。那个士兵被敌军怀疑了。敌军心狠手辣，宁可错杀不可放过，于是，他们派人暗杀了他……”

林思思讲到这里，仰着头抽泣了一声，深深地吸了一口气，声音有些沙哑道："故事讲完了。"

听完这个士兵的故事，所有人都沉默了。

这虽然是一个故事，但对他们而言并不陌生。他们每个人，或多或少地跟这个故事有些关联，只是此情此景，谁也不会说，谁也不会问。

差不多过了三十秒，乔也最先反应过来，对林思思笑了笑："那，找炸弹吧。"

林思思遵守承诺，擦了一下并未流出泪水的双眼，点点头："好，找炸弹！"

林思思站在了密室中间，其他人也配合地全都站到了墙边，控制了呼吸，一言不发。

落针可闻的密室里，只剩下炸弹"嘀嘀嘀"倒计时的声音，大家的呼吸也变得越发轻了。

林思思慢慢地闭上了眼睛。

没有人知道她在想什么，也没有人知道她究竟能不能成功，但所有人都不约而同地一语不发，将目光集中在她身上，等着她睁开眼睛的那一刻。

当然，在这个过程中，大家仍旧在想着林思思刚才讲的那个故事。故事虽简短，却一遍又一遍，如同魔咒，盘旋在每个人的脑海之中。

时间一分一秒过去了……

林思思仍然紧闭着双眼，额头上渗出了点点汗珠。

不知道过了多久，她突然睁开双眼，伸手指着天花板道："在那里。"

"上面！"周子书一下子站了起来指着天花板，"这也太坑了吧！"

"别废话了，"林思思转头对乔也和秦飞扬道，"秦医生、乔大警官，得请你们帮帮忙了。”

乔也和秦飞扬自然知道她说的帮忙是指什么，在这个密室中没有可以爬上房顶的工具，除了叠罗汉，没有别的办法。

实际上，郁晨和陆林志看起来比秦飞扬要强壮一些，可是陆林志那副半死不活的样子，郁晨又一副冷漠的脸色，林思思实在懒得搭理他们。

乔也和秦飞扬走了出来，并排站在了林思思面前。秦飞扬温和地对她笑了笑，林思思却不以为然，皮笑肉不笑地对着他扯了扯嘴角。

林思思的体格非常好，三下五除二就爬上了秦飞扬和乔也的肩膀。秦飞扬和乔也紧紧扶住了她的脚腕和膝盖，好在她是个女孩子，并不重，秦飞扬和乔也也不会感觉多吃力。

寻找的过程不算复杂，林思思位置感非常准确。她刚按动天花板，天花板就打开了一个暗格，露出了镶嵌在里面的倒计时炸弹。

同时，墙壁上也出现了一个暗格，里面放着一个六十厘米长乘四十厘米宽的工具箱。周子书跑了过去，将工具箱拿了出来，喜出望外道：“这是拆弹工具吧。”

“还有十八分钟，”林思思跳了下来，接过了周子书手上的工具箱，“没错。”

她一边说，一边打开工具箱。里面有一架折叠梯，还有一个更小一些的工具箱。林思思将折叠梯拿了出来，递给乔也，又打开了小工具箱，里面是非常全面的拆弹工具。

乔也打开折叠梯，确认了是稳固安全的，对林思思笑道：“我们帮你扶着。”

林思思提着工具箱站了起来，没有回话，爬上了折叠梯。

乔也对着大家做了个噤声的手势，俯身对秦飞扬低语了几句。秦飞扬会意，将所有人都带到了离炸弹所在区最远的角落——如果林思思真的运气不济拆弹失败，这里是最安全的。

其他人都过去了，郁晨才慢慢站起来。他没有到角落去，而是站到了折叠梯旁边，帮乔也一起扶住了折叠梯。

秦飞扬有些震惊地看了看他，但郁晨显然没有要搭理他的意思。现在不好打扰林思思，秦飞扬便也不说话，默默地走了过去，扶住了梯子。

密室中恢复了落针可闻的状态，拆弹比起找炸弹更加困难，更加重要，所有人的命都系在天花板上那枚正在倒计时的炸弹上，没有人敢掉以轻心。

时隔多年，林思思再次拿起这些熟悉的工具，说完全不紧张那是假的——就算是没有荒废这几年，面对炸弹同样也会紧张。才刚刚开始，她额上就已经渗出了很多汗珠。

林思思擦了一下额上的汗，深呼吸了几口，这才去探查炸弹。好在，她的专业能力是毋庸置疑的，不过观察了一分钟左右，就已经知道了这是什么炸弹。

事情并没有如众人所想的那般顺利进行，林思思没有观察这枚炸弹之前还算冷静，待看清了炸弹之后，却有些不镇定了。

6

“不行。”林思思哆嗦了一下，差点摔了下来，然而她手上的工具掉了下来，砸到了郁晨的肩膀上。

郁晨皱了皱眉，抬起头看了她一眼。秦飞扬赶紧捡起工具，问了郁晨一声：“没事吧？”

郁晨淡淡地望了他一眼，“嗯”了一声，看向了林思思。

乔也也看向了林思思，问道：“怎么了？”

“不行，不行。”林思思闭上了眼睛，使劲摇着头，“不行。”

秦飞扬拿着工具走了回来，微微皱着眉，看了一眼林思思：“CBU-87。”

乔也知道这是一种炸弹型号，可他不知道这种炸弹有什么特别的，便问了一声：“这怎么了？”

“没错，”林思思爬下来，蹲在地上，双手捂着眼睛，声音极为沙哑，“是 CBU-87，是 CBU-87……”

“没事的，”秦飞扬柔声安慰她，“这种炸弹一点儿也不复杂，你没问题——”

他的话还没说完，舒婵就走了过来，拦住了他：“我来吧。”

她是专业的心理医生，秦飞扬自然不会和她争，便点点头，站到了一边。

舒婵轻轻抚摸着林思思的脊背，柔声道：“我知道，你跟我一样，都深深爱着一个人……”

舒婵的声音越来越轻，越来越轻，就像要把人催眠了一样，到后面，除了林思思，没有人能听清她在说什么了。

舒婵的治疗却非常管用，大概三分钟后，林思思慢慢恢复了平静。在舒婵的引导下，她慢慢站了起来，脸色也好看了很多。

众人满怀期待地看着林思思。

林思思接过了秦飞扬手中的拆弹工具，再一次爬上了折叠梯。舒婵跟着爬了上去。

“对，就是这样。”舒婵在林思思耳边小声地开口，“没关系的，开始吧。”

林思思的手还是在微微颤抖着，看到这枚炸弹，她脑海中就难以抑制地飞过许多画面：碎肉横飞，所有人都在尖叫、逃跑，大家绝望而无助的眼神……

“不要去想，忘记那些事情。”舒婵在林思思耳边轻声呢喃着，“什么都不要去想，你的眼前只有这枚炸弹，去观察它，去想怎么样才能拆掉它。他在看着你，也在帮你……”

舒婵的声音越来越小，像是在催眠一样。随着林思思皱紧的眉头渐渐松开，舒婵也停止了说话，一动不动地站在折叠梯上，观察着林思思的行动。

林思思的情绪终于彻底稳定了下来。这时，离爆炸时间只剩下十分钟三十三秒了。

舒婵最初还有些不放心，但在看到林思思的表情之后，悬着的心终于放了下来，不由得暗自松了一口气。

密室里的声音，除了那“嘀嘀嘀”如同催命一般的声音，还有林思思拆弹的声音。工具和炸弹轻微的碰撞声，每一下都敲击着人的心。

林思思渐渐进入了状态，其实她清楚，拆除这枚炸弹对她而言不算难——至少在她拆过的炸弹中，比这枚难拆的多得多。

如果不是自己的心态，如果不是脑海中那些挥之不去的画面，林思思拆除这枚炸弹，根本用不了这么长时间。

在角落的几人着急不已。

眼瞧着陆林志就要忍不住开口，周子书赶紧一眼瞪了过去。舒婵冲着陆林志轻轻摇了摇头，示意他不要开口。

虽然唯一的计时器在炸弹上，但大家也能估摸出剩余时间恐怕不到五分钟了。陆林志这么胆小的人，按捺不住也很正常。

毕竟，如果失败了，很有可能，所有人都会被炸死，甚至连尸体都找不回来！

乔也一直在观察着郁晨，他从头到尾都面无表情，没有关注林思思，只是扶着折叠梯，也不知道他到底在想什么。

乔也正想着，突然听到上面传来一声如释重负的叹息。他忙抬头看去，就看到秦飞扬接过了林思思手里的炸弹。

“好了，下来吧，小心一点儿。”秦飞扬将炸弹和工具箱递给了乔也和郁晨，扶着林思思爬了下来。

乔也接过了工具箱，郁晨接过炸弹，倒计时的时间停留在一分四十七秒。

郁晨看了一眼，挑了挑眉，将炸弹放进了大工具箱里。

“成功了？”陆林志首先冲了过来，一看到炸弹上剩余的时间，冷汗一下子就流了下来，“太可怕了……太可怕了……”

周子书也跑了过来，想去碰炸弹，又不放心地问了一声：“这炸弹现在安全了吧？”

林思思脸色有些苍白地对他笑了一下：“安全了，引爆线我已经剪断了。”

周子书咧嘴笑了一下，立刻将炸弹拿了起来，好奇地看着，时不时“哇”一声，似乎完全忘了这枚炸弹差一点儿就要了他的命。

没有人知道，这枚炸弹的旁边还有一枚微型炸弹。也没有人注意到，林思思将那枚微型炸弹悄悄地藏了起来。

舒婵拿起两瓶水，递给了林思思和秦飞扬，看到林思思额头上的汗，又递给她一张餐巾纸。

“谢谢。”林思思勉强地笑了笑，在一边坐下了。

这时候，密室中的另外一扇门打开了。

“不着急，”秦飞扬看了一眼林思思，“等你休息好了，我们再走。”

“大家都先吃点儿东西吧，”乔也一边说，一边把食物分给大家，“一边吃，一边说说话。”

接过食物的众人一下子愣了，乔也这语气，明显不是想跟大家闲聊，何况他还是个警察，怎么会在这样的情况下跟大家闲聊？

如果不是闲聊，那就是审讯了？最起码，也算得上是“讯问”吧。

乔也一点儿也没在意大家的反应，拿了一瓶水，靠着折叠梯坐下，然后拧开水喝了一口，便意味颇深地看着所有人。

他的眼神，带着明显的审讯味道。

第三章 限时拼图

1

周子书默默把炸弹地放到了一边，跟着坐了下来，颇为胆怯地轻咳了一声："警官，你……你不是要在这里抓人吧？"

乔也挑着嘴角笑了笑，摇了摇头："我没带枪，也没带手铐，再说抓了也没地方关啊！放心吧，就算抓人，也不会在这儿，就是聊聊而已！你们也希望，咱们接下来的路能更好走一些吧？"

林思思抬起头看向了他，神情不太愉快："你想问什么？士兵的故事吗？我早就说过了，我无可奉告。"

乔也又摇了摇头："你的故事我们后面再谈，我现在更想听秦医生说说。秦医生，之前的事情，你可还没说清楚呢！"

秦飞扬愣了一下，似乎没想到乔也会突然点他的名。在确认了这个事实后，秦飞扬无奈地摇头，笑了起来："乔警官，你认为我在撒谎吗？"

乔也转了转手里的瓶子，没有承认，也没有否认："我只是提出疑问。”

“好吧！”秦飞扬还是非常温和地笑了笑，开始解释，“我没有撒谎，我的的确确是外科医生，是东兴医院的主任医师，这信息你查得到，不过，心理学领域我也的确有所涉猎。曾经治疗过一些病人，发表过几篇论文，所以还算有点儿经验。”

乔也转头问舒婵：“舒老师，林思思这属于什么情况？”

舒婵正在安抚林思思，听到乔也发问，一边轻轻拍了拍林思思的背，一边回答道：“初步诊断，是PTSD，创伤后应激障碍，这种炸弹，应该给她造成过非常不愉快的经历。PTSD就是个体目睹、遭遇过一次非常可怕的经历后，对这段经历的相关事情不能正常应激，林思思这种情况，算是非常严重的了。”

秦飞扬补充了一句：“准确来说，是非常可怕而且痛苦的经历。”

“没错，”舒婵叹了口气，“所以乔警官，作为心理医生，我不建议你现在问这个问题。林思思已经受过一次刺激了，在得到完全的治疗之前，我们不应该提及这件事，除非你想再一次看她发病。”

舒婵虽然温柔平和，但涉及专业知识的时候，她的态度非常明确、强硬，不容置疑。

乔也点了点头，PTSD他听说过，也见过这类患者，但对治疗一窍不通，也提不出什么建设性的建议。他很认同舒婵的说法，在这个密室中发病可不是件愉快的事。

作为一名警察，他更关注另外一件事情。

乔也站了起来，目光从每个人身上一一扫过，带着一丝审讯的味道。

之后，他非常慎重地发问：“你们认为这是巧合吗？”

其他人还没从他审视的目光中回过神来，乔也继续说道：“第一关，明显是为周子书量身定做的，铁链上的锁，除了他没有人能打开。这一关的炸弹，也只有林思思能够拆除，她是我们之中唯一懂拆弹的，为什么偏偏是这种型号的、会引起她PTSD发作的炸弹？”

乔也一边说，一边伸手指了指其他人：“也许在下一关、下下关，还会有针对我们中其他人的关卡，就像这枚炸弹一样。”

众人陷入了沉思，他们也许一开始没注意到这个问题，但不会在有人提醒后还想不到，正如乔也所说，这种针对性其实是很明显的。

“你的意思是说，”过了一会儿，舒婵轻声开口，“有人调查了我们，并且设计了这一切，刻意为之？”

乔也已经说得很明显了，不只舒婵，所有人都明白了他的意思。只可惜，他们来不及更深入地去分析了，那扇开着的逃生之门，随着一声机关启动的钝响，开始缓缓闭合了。

乔也回头看了一眼，惋惜地摇头叹了口气：“行了，把吃的喝的都拿着，先走吧，不管怎么样，我们也不能困死在这儿。”

所有人都飞快地拿上了面包和水，林思思顺手带上了那个工具箱。在门彻底关闭之前，大家争分夺秒地跑出了这间密室。

乔也在后面殿后，确认所有人都成功逃离后，他才钻了出去。

门后面是条七八米长的通道，尽头连接着一间新的密室。

众人刚刚进入密室，还没来得及观察，密室里的灯光就骤然熄灭了，整个密室顿时陷入了一片黑暗，伸手不见五指。

“啊！”密室中发出了一声尖叫，不用问，谁都知道这是陆林志的声音，也只有他才会这么一惊一乍的。只是众人不知道他是真的胆小如鼠，还是在扮猪吃老虎。

毕竟来参加游戏的，都不会是什么普通人！

周子书也喊了一声，不过他喊的是：“这什么情况？”他一边喊，一边在黑暗中摸索，试图寻找着什么东西。摸索间，他好像听到了一声奇怪的声音。但那声音一闪而过，周子书以为自己听错了。

“大家都别慌，”乔也大喊了一声，“都别吵，到我这儿来集合，相互拉着手围成一圈儿，各自报名字。”

乔也的声音落下后，大家都开始行动起来。这时，周子书又“欸”了一声，疑惑道：“刚才好像有什么声音。”

“哪儿有什么声音啊，”陆林志打断了他的话，“你别瞎闹，听乔警官的！”

“用你管啊！”周子书不耐烦地应了一声，还是上前去跟大家拉住了手，“报名报名，周子书。”

“舒婵。”

“陆林志。”

“林思思。”

林思思说完话之后，密室中一下子陷入了沉默。

“没人了？”安静了几秒之后，乔也开口询问，“秦飞扬和郁晨呢？”

“什么？”舒婵大惊，声音听起来十分着急，“你是说郁晨和秦飞扬不见了？”

“别着急，”乔也又喊了一声，“大家继续拉着手围成圈儿，不要放开，有没有人带了能照明的东西？”

林思思回答：“我把上一个密室的工具箱拿过来了，那里面有小功率手电筒，不过工具箱被我放到一边去了。”

乔也感觉到林思思就站在他的旁边，便紧紧拉住了她的胳膊：“没事，你去拿，我们拉着你。”

林思思“嗯”了一声，慢慢蹲下身去摸工具箱，好在她是在听到乔也让大家集合后才放下工具箱的，所以放得并不远，一伸手就够到了。

林思思拖过工具箱，摸索着打开了。里面的工具非常多，如果是一般人，肯定没那么容易在黑暗中找出想要的工具，但林思思对拆弹工具已经非常熟悉了，随手一摸，便知道了哪个是那只小功率手电筒。

“找到了。”林思思喊了一声，拿着手电筒站了起来，同时打开了手电筒。

手电筒很小，照射的范围也非常小，不过还是挺亮的，至少他们能看清楚密室之中确实少了两个人，就是秦飞扬和郁晨。

就在刚才密室陷入黑暗的这么一会儿时间，不过三四分钟的事儿，两个大活人就这么不见了。

“闹鬼啦？”周子书半开着玩笑问了一句，看到自己拉着陆林志的手，一下子甩开了，又嫌弃地擦了擦手，“别说，这环节还挺刺激啊。”

陆林志“哎”了一声，似乎想要跟他吵架，但还没来得及说话，密室里的灯一下子亮了起来。

林思思抬头看了看，把手电筒关了，放回了工具箱：“留着电，也许后面还用得着。”

“他们真的不见了，”舒婵似乎觉得有点儿冷，抱着双臂搓了搓，语气非常着急，“他们到哪儿去了呢？会不会有危险？”

其他人也在四处查探着，这密室跟之前的密室有一个共同点，那就是没什么多余的东西。当然，这四周也许有很多暗格机关，就像第二关放着食物的暗格，但至少目前他们还没有发现。

还没等他们看出个所以然，天花板上突然飘起了雪花。

舒婵终于知道为什么自己会感觉冷了，原来这是“下雪”的前兆。

“下下下……下雪了？”陆林志抬着头，不敢相信地接了几片雪花放到眼前看了又看，“这……这真是雪啊！”

“人工降雪，”乔也抬起了头看了看，“人工降雪加冷空气，这是准备把我们冻死在这儿啊！”

“这也太残忍了吧！”陆林志赶紧拢紧了自己的衣服，“别说，还真是有点儿冷了啊。这，这关又是怎么破的？还有那俩人，是不是早就知道这茬儿，所以自个儿逃命去了？”

周子书瞪了他一眼：“陆大老板，你说这话臊不臊得慌？要说自个儿逃命，谁也没有你快吧！”

“我不跟你小孩儿一般见识！”陆林志已经被周子书撑习惯了，也说不过他那张嘴，何况比起斗嘴，他还是更想活命。陆林志眼看着周子书又准备开口，赶紧转身走到了另一边，离他能有多远就有多远。

在这里等着被冻死是不可能的，乔也已经开始寻找通关线索了，就连周子书和陆林志也扒着墙壁找了起来。但舒婵好像对这一切都不关心了似的，听到乔也说冷空气的事，她也没什么反应，双眼无神地抱着臂，贴着墙壁坐着，一副生无可恋的模样。

乔也最初没有注意到舒婵的状况，走到她面前的时候，才发现不太对劲儿。乔也赶紧脱了外套递给她：“舒老师，你先穿上吧。”

舒婵还是没有反应，她连看都没有看乔也一眼，就那么怔怔地盯着地上一个点，好像根本没有听到乔也声音一样。

乔也晃了晃衣服，见舒婵还是没有任何反应，他才意识到事情没有他想的那么简单。

“舒老师！”乔也赶紧蹲了下来，扶住她的肩膀摇了摇，“你到底怎么了？”

乔也的喊声不小，其他人都注意到了。周子书最先跑了过来，蹲下来看了看舒婵：“这是怎么了？”

舒婵被乔也晃了两下才慢慢回过神来，谁知她刚回神，就哭了起来。

2

舒婵的眼泪一下就流了出来，簌簌的，止都止不住。

乔也一下子就蒙了，对他来说，穷凶极恶的歹徒好对付，奸诈狡猾的凶犯也好对付，但是流眼泪的女人，他是真不知道该怎么办了。

乔也愣了半天，只好重复了一下刚才的问题："你……你怎么了？"

周子书从兜里掏出一包纸巾给她，他也不知道到底发生了什么事，只能试着安慰："你……你别担心啊，咱们肯定能安全出去的。"

这让乔也有些惊讶，没想到周子书这样的人还会安慰女孩子。

舒婵没有接。乔也接过纸巾，若有所思地看了她几眼："舒婵，你不是担心我们出不去，对吧？我们虽然认识不深，但我对你也算有些了解，你没那么脆弱——是因为秦飞扬和郁晨，这是你到这里来的目的，是吗？"

乔也只是试着猜测，哄女孩子他不在行，但分析他还是很在行的。联想到刚才舒婵提到秦飞扬和郁晨时的反应，乔也几乎能断定，她是因为秦飞扬和郁晨的失踪而哭泣的。

果然，提到秦飞扬和郁晨的时候，舒婵的神情明显有了片刻的动容，她的瞳孔紧缩了一下，随后又流出了眼泪。

周子书帮她擦眼泪的手顿了顿，埋怨了乔也几句："乔警官，你这时候说这些不太合适吧？"

乔也看到舒婵的反应，更加确定了自己的猜测。他顾不得舒婵现在的情绪了，直截了当地问道："你为他们哭，是因为你认识他们，你知道他们跟那个故事的关系，对不对？"

舒婵的脸色瞬间煞白，她紧咬着下唇，死死地盯着乔也，眼神中带着一丝埋怨。过了很久，她才无奈又痛苦地闭上眼睛，从牙缝中挤出一个字：“是！”

听到这个答案，乔也顿时愣住了。两三秒后，他有些脱力地跌倒在地上。

“乔警官，你——”林思思看到，眼疾手快地想去扶他，却被乔也伸手制止了。

“我没事，”乔也摆了摆手，揉了揉眉心，缓了片刻，才半蹲起来对舒婵道，“说实话，我也不想他们出事，真的。他们应该只是到了另外一间密室，就像第二关一样。无论如何，我们得先脱困，才能继续找他们。”

舒婵被乔也的反应吓了一跳，乔也从来没露出过这种过激的反应。还好，他很快恢复了正常，但看到这一幕的众人，心里都纷纷多了些猜测。

“会吗？”舒婵不是在问他，而是在质疑，她摇着头，叹着气，“不管他们现在是不是在另外一个密室，最终的结果我想了千万种，可是我发现，哪一种我都承受不起。你说，如果我们全部活着出去了，你会把他们怎么样？”

乔也听后，微微皱了皱眉：“我会把他们怎么样？”

密室已经变得越来越冷了，舒婵的脸色也开始发青，乔也叹了口气，将外套先给她披上了。他明白舒婵的意思，舒婵问这句话，是因为他警察的身份。乔也给她披好了外套才回答：“我是警察，我所做的一切都是为了找出真相而已，你觉得我会把他们怎么样，你以为我会把他们怎么样？”

“这恰恰是我最不想接受的，”舒婵拢了拢衣服，深深地叹了一口气，闭上了眼睛，过了一会儿，才睁开了眼睛，“说真的，我来这里，就是为了找他，虽然现在我还不能确定到底是谁，但这就是我来的唯一目的。如果他失踪了，或者是死了，我也没心思走下去了。”

“也许通过了这一关，我们就能见到他们了。你以为我来这儿是为了什么？玩游戏吗？不管怎样，我们都得先活着出去。我理解你的心情，但他们不一定死了，你在这里自暴自弃没有任何意义啊，舒婵！”乔也的语气已经有些着急了。

舒婵意识到了这一点，突然抬起头看着他道：“乔警官，你似乎比我还着急。”

乔也脸上的肌肉猛地抽搐了一下，动了动嘴，却什么都没说出来。

周子书看向了乔也；林思思也若有所思地盯了他几眼；陆林志已经蒙了，根本不知道发生了什么事，也插不上话，只能在一边愣着。他们感觉到密室里越来越冷了，才拢紧了衣服，各自去找线索去了。

林思思扶了乔也一把：“乔警官，你别着急。”说完，她又看向舒婵：“乔警官说得没错，舒小姐，你得振作起来，不管怎样，我们只有出去才有机会找到他们。”

“行了，”舒婵抬起头，看了看乔也，“我会自己调整，至少我也不愿意拖累别人。不过，很抱歉，目前这情况，我帮不上忙。”

“你别自暴自弃就行了，”乔也松了一口气，调整了一下自己的状态，“剩下的交给我们。”说罢，他和林思思对视了一眼，点头示意后，开始分别寻找线索。

周子书将舒婵扶了起来，两人心照不宣地对视了一会儿，各自分开。这一幕并没有被别人注意到。

通过前面两关后，大家用大脚趾也想得到，墙壁里面肯定有什么机关暗格。但是墙壁设计得实在太巧妙了，光洁无痕，根本什么也看不出来。如果不启动机关，恐怕没有人会想到墙壁中还暗藏玄机。

唯一让人觉得比较奇怪的，就是天花板。这个密室的天花板跟之前的密室有些不同，配色乱七八糟的，看起来像是将许多颜料胡乱地泼在了上面，构成一幅乱七八糟的画。若是抛开现在的危急状况来欣赏，还挺具有艺术感的。

乔也几人将四周墙壁都检查了一遍确认无果后，只好把注意力转向了天花板。

林思思指了指天花板，语气有些无奈：“看来，我们有必要上去看看了。”

“这也太狠了吧，”周子书抱了抱臂，缩着脖子看了看天花板，“又飘雪又放冷空气的，想着都冷啊！”

3

陆林志在另一边墙壁抱着胳膊打哆嗦：“这怎么上啊，咱们也没有什么御寒的东西，上去还不冻死？再说谁愿意上去，那可是对着冷风口啊！”

周子书冲着陆林志哼道：“反正您陆大老板是不会上去的，您啊就这么坐着，早晚也得冻死！”

这本来只是讽刺的话，但周子书对着陆林志说的时候，带着一股阴森之感。他咬牙切齿的，好像真的想咒陆林志死一样。陆林志本来就冷，又忍不住打了个哆嗦，恨恨地瞪了他一眼。

林思思站在一旁，靠着墙，抱着双臂，饶有兴趣地盯着他们俩，好像在看戏一样，一点儿也不着急。

乔也看着这个场面，叹了一口气又一口气。他不打算多说什么，反正说了周子书不会听，陆林志更是油盐不进，好在他们只是吵吵架，并没有什么过激的行为。乔也转头，看到舒婵正在观察天花板，便走过去问：“舒老师，有什么发现吗？”

舒婵拢了拢衣服，低下了头：“这的确是某些美术作品的碎片，但没有一幅是全的，缺失的部分也没有什么规律。抱歉，我找不出什么线索。”

“别着急，慢慢来。”乔也安慰了她两句，但他知道舒婵过目不忘，在美术方面也很有造诣，如果有什么线索，她早该看出来了。

作为一个心理医生，舒婵清楚乔也的想法，她苦笑着摇了摇头：“乔警官，很明显，这个密室的机关应该跟画有关。如你所说，这一关恐怕是针对我设计的，但很抱歉，我现在不能保证我解得开这个谜题。所以我觉得有必要告诉你，那个故事里的真凶，不是秦飞扬，就是郁晨。”

乔也愣了愣，眉头慢慢皱了起来，背后的拳头越收越紧。他难得露出了不是那么阳光开朗的表情。舒婵看得出来，他看似镇定，其实是在隐忍。

过了一会儿，乔也才开口，声音低沉而压抑：“到底是谁？”

他这样的声音飘荡在冷冰冰的密室里，就好像压抑了许久的情绪即将全面爆发一样。大家都吓了一跳，正在探查的人纷纷回过头来，看到他的表情后，顿时目瞪口呆。

周子书赶紧跑过来挡在了舒婵面前，语气极小心翼翼地问：“乔警官，你怎么了？”

乔也毕竟是警察，很快就发现自己失态了。他深吸了一口气，慢慢放松拳头，闭上眼睛调整了一会儿。

差不多过了两分钟，乔也才重新调整好了自己。他睁开眼睛，看了看大家：“我没事，你们不用担心。思思讲的故事，不用我多说了吧？当年车祸案被抓的凶手是一个低能儿，我知道，警方找过心理专家为他进行治疗，所以说真的，我现在都不知道那个人到底是秦飞扬还是郁晨，毕竟名字是可以改的，不是吗？舒婵，你当年画的到底是谁，是秦飞扬还是郁晨？”

舒婵也蒙了，迷茫地摇了摇头：“我也不知道他的名字，依那个故事来讲，哥哥是凶手，弟弟只是一个替罪羊而已。”

乔也看向了林思思，林思思正倚靠在墙边，一副若有所思的模样。在感受到乔也的目光后，她耸了耸肩：“没错，这也是我的调查结果。现在两个人都是正常的，而且都很聪明，你们知道谁才是当年的那个低能儿吗？”

乔也闻言，皱着眉摇了摇头。

林思思又问：“乔警官，你为什么这么上心？刚刚反应那么激烈，是因为故事里的那个小士兵吗？”

乔也的脸色突变，他已经想到林思思跟那个“小士兵”关系匪浅，点了点头：“是，但不只这些。”

林思思站直了身体，认真地看着他：“还有什么？”

乔也难得看到林思思这么认真的样子，沉思了片刻，目光坚定地看了看其他人，像是终于决定了什么一般，深深地吸了一口气，道：“当年那个低能儿一出狱，我的未婚妻就失踪了。”

舒婵疑道：“你的未婚妻？”

乔也点了点头：“齐瑶，也是一名警察。这件事我查了很久了，但还是什么都查不到。舒婵，你问我如果出去了会把他们怎么样，我不会怎么样，而且我又能怎么样呢？我只是想找到一个真相而已，不论是作为警察，还是作为齐瑶的未婚夫。”

舒婵皱了皱眉，眼神有些奇怪地看了看周子书。周子书接收到她的目光，轻咳几声，又不动声色地移开了目光：“那个乔警官，你刚才不是也说了吗，他们可能就在下一个密室，或者在其他什么地方等着咱们去救，就像上一关一样，是吧？那个啥，我去找线索了啊，这儿是真冷啊！”

林思思赞同地点了点头：“不管你出去后想做什么，现在能做的就是解开谜题，走出这个密室。在这一点上，我们都一样。”

乔也毕竟是警察，看得清局势，分得出轻重，所以很快就调整好了状态。在他说这件事儿的过程中，他也发现了一些奇怪的事情，比如舒婵跟周子书对视，而周子书刻意回避；比如陆林志似乎对这件事一点儿都不感兴趣，既不参与，也不像之前一样嗷嗷直叫，反而显得过于安静；比如林思思好像是知道得最多的人，但她似乎没有那么高的热情。

他转头看了看其他地方，突然看见周子书猫着腰敲敲打打，不知道在干什么。

乔也走过去拍了他一下：“周子书，你干什么呢？”

周子书下意识地抬头转身，眉头紧锁，一副思索的状态。乔也现在才意识到，他这次应该不是在胡闹。

周子书又敲了敲一处墙壁，道：“陷入黑暗的时候，我好像听见了哪里有机关启动的声音，秦飞扬和郁晨不见了，应该和机关有关系。”

乔也立刻明白了：“你之前说过的声音不是幻听？”

周子书暗自翻了个白眼儿：“这当然不是幻听，我连密码锁的内部结构都能听得清楚，还能听错了这个？能拖走两个人的机关，肯定也是个大型机关！”他一边说一边摸索，摸到一个地方时突然一顿，蹲了下来，耳朵贴着墙壁仔细敲了敲。

乔也也走过去蹲了下来：“找到了？”

周子书点点头，伸手摸准了一个地方，猛地向里一按，那块约莫一平方米的墙面便以百叶窗的形式翻转了。

周子书站了起来，有些警惕地后退了两步。那墙面翻转完毕，露出几幅残缺的画来。

“舒婵、舒婵，”周子书下意识地叫她，“你来看看，这好像是画！”

舒婵闻声走来，只看了那些画一眼，便道：“是那间移动密室里出现过的画，残缺的部分就在天花板上。”

周子书有点儿不相信，盯着天花板，问道：“这么多乱七八糟的画，你确定吗？”

“爱信不信。”舒婵漫不经心地回答，转身对乔也说，“不管拼图是不是出去的钥匙，肯定是其中一环，我可以拼，但天花板上的那些碎片，还得靠你们了。”

“没问题，”乔也对她笑了笑，将周子书和陆林志都叫了过来，“等会你们俩扶着梯子，我上去拆那些碎片。”

他一边说，一边从工具箱里把折叠梯拿出来放好。乔也正打算往上爬的时候，林思思走了过来：“我跟你一起。”

乔也惊讶地看着她，试着阻止：“上面一直在冒冷气，你是女孩子，冻感冒了就不好了。”

“我是拆弹专家。”林思思说完，扶着梯子就往上爬，根本不再给乔也说话的机会。乔也无奈地看着她爬上了第三节梯子，只好让她去了，又嘱咐陆林志和周子书道：“一定要扶好梯子，随时关注上面的情况。”

等林思思到了顶，乔也也爬了上去，还好这架折叠梯非常坚固，一般的折叠梯如果上去两个人，肯定会摇摇欲坠。当然，如果没有人在下面扶着，还是有一定危险性的。

乔也和林思思一爬上去，就被扑面而来的冷空气眯了眼，那感觉，就好像脸上骤然结上了一层冰霜，冻得连表情都做不出来了。他们没有护目镜，只能微微眯着双眼乱拆一通。

反正他们也不认识这些画，只有舒婵认得。如果没有冷空气，还能让舒婵好好看，告诉他们究竟该拆哪一块儿，但现在他们看都没法看，也不想在这上面多待哪怕一秒钟，所以还是乱七八糟地全部拆了更省事儿。

很快，两人就冻得瑟瑟发抖。整个天花板都是用美术作品的碎片拼成的，有大有小，然而实在是太多了，他们还要不停地换地方，没过五分钟，两人就觉得身体快要冻僵了。

4

“思思，要不你先下去吧，”乔也抹了一把脸上的冰霜，“这儿实在太冷了！”

林思思搓了搓手，倒吸了一口冷气，冷冷道：“少废话！”

乔也拗不过，只好继续拆天花板，争取快点儿结束。好在两人动作都很快，陆林志和周子书也一直好好配合着移动折叠梯。很快，就只剩下一个角落的碎片没有拆下来了。

眼看就要大功告成的时候，梯子突然歪了！

梯子突然顺着乔也所在的方向倒了过去，林思思一惊，赶紧伸手拽住了他，但还是无法止住梯子的倾倒之势。

好在他们处于角落，梯子离墙面已经不远了，梯子倒了一半就卡在了墙壁之间。乔也不受控制，重重地撞上了墙，林思思的头也磕在了梯子上沿。

“乔警官！”舒婵低呼了一声。周子书赶紧把梯子往自己这边拉。但梯子实在歪得太厉害了，乔也被撞得有点儿发蒙，直接从梯子上掉了下去。

陆林志适时地躲开，惊叫了一声，哆哆嗦嗦地缩到了一边。

周子书瞪了他一眼，怒吼道：“你不知道帮忙接一下吗？”

陆林志一副快哭了的样子，哆嗦了两下，才爬过来扶起乔也：“乔警官你……你没事吧，我刚刚害怕……”

他一直都表现得非常胆小，所以这样的举动看起来也无可厚非。即便是扮猪吃老虎，他这么不要脸地演，别人也没办法。

周子书死死地盯着他，眼神就好像要把他吃了一样，直到上面的林思思动了一下。

周子书赶紧扶好梯子，伸手把林思思接住："你没事儿吧？"

林思思摇了摇头，捂了捂脑袋："没什么大事儿。"她说着，又去看了看乔也："乔也，你怎么样？"

乔也闭着眼睛摆了摆手，但大家看得出来，他的情况并不理想。幸亏他是一个警察，受过专业训练，这要是个普通人这么摔一下，恐怕当场就人事不省了。

乔也缓了好一会儿，才重新睁开了眼睛。眼前的模糊慢慢散去后，他才看到几个人都围着他，便赶紧摆了摆手："我真没事，就是刚刚有点晕，现在已经好了，都散开吧。"

他一边说，一边扫了眼众人，看到林思思头上的伤，问道："思思，你没事吧？"

林思思的态度还是那么冷："比你好多了！"

周子书恶狠狠地瞪着陆林志："你怎么扶的梯子？"

陆林志"啊"了一声，赶紧爬起来退到一旁，张皇失措地摇摆着双手："不关我的事啊，那梯子不是咱俩扶的吗，那是咱俩没掌握好平衡，你……你这么瞪着我干什么？"

周子书冷冷地哼了一声："是吗？梯子移过来的时候，刚落地就往你那边倒，我拉都拉不住，如果只是平衡没掌握好，你推一下我拉一下不就行了。陆大老板，你是故意的吧？"

周子书说话很直，这一点大家都感受到了，没想到他会说得这么直！

其实林思思和乔也也不相信梯子是因为失去平衡才倒的。明眼人都看得出来，两个人一左一右扶着的梯子，哪有这么容易发生意外？

陆林志一听，立马暴跳如雷，指着周子书的鼻子骂道："你胡说八道什么，我怎么故意了？我一个合法商人为什么要杀警察，倒是你，你一个整天偷鸡摸狗不务正业的小偷，我看你才是故意的吧？”

周子书还没来得及回嘴，舒婵那独有的冷淡清雅的声音就从背后传了过来：“谁说你是要杀警察了？”

她问得很平淡，但意思不言而喻。梯子上面有两个人。如果真的是有人故意弄倒梯子，目标也应该是其中一个或者两个，至少林思思是有名有姓的，而陆林志上来就说杀警察，直接将目标定在了乔也身上。

陆林志的脸色突变，试图辩解：“我，我就是脱口而出，这不乔警官伤得比较严重嘛。”

周子书又冷哼了一声，没再搭理他，转而对乔也道：“就那么几块了，我上去取吧。”

林思思站到了梯子边上：“我帮你扶梯子。”

舒婵也走了过来扶住梯子。显然，在乔也受伤不方便扶梯子的情况下，他们谁也不敢再相信陆林志。刚才那件事到底是怎么发生的，大家心知肚明。

周子书爬上去，三下五除二地拆了所有碎片。这时，密室中的温度急速下降，所有人的脸上都结上了一层冰霜。一向身体柔弱的舒婵更是抖个不停。

然而，密码破译只完成了一部分。满地的碎片，还需要舒婵将它们拼到那些残缺的画上。

周子书脱下自己的外套，给舒婵披上了。乔也有点儿惊讶，没想到周子书会这么贴心。周子书看到林思思在搬运碎片，赶紧将碎片都堆到了几幅残画的旁边。

“怎么样？”周子书堆完了碎片，问舒婵，“很难吗？”

舒婵指了指画上面，隐隐约约看得见刻了数字：“拼画并不难，不过这个关卡不只是让我们拼画，还要排序。”

“排序？”乔也抬头看了看那些数字，“按什么顺序？年份？”

“恐怕不是，”舒婵摇摇头，“这不合常理。”

周子书不解：“为什么？还有更好的排序方式吗？作者的出生年月？”

舒婵哆嗦了一下，快被气笑了：“这有很大区别吗？就比如这幅，中国的《富春山居图》大概1350年完成。而这幅《拾穗》，米勒在1857年完成的，照这么看，说从创作时间来排序似乎没有问题。”

乔也和林思思两人都疑惑地点了点头，周子书却没有什么反应。他一直盯着那几幅画，盯了一会儿，突然开口道：“这两幅不对。”

舒婵转头看了看他，说道：“想不到你对画也有点研究。”

周子书不好意思地挠了挠头：“我以前跟着我爸看过画展，这两幅画好像是莫奈的作品《鲁昂教堂》？”

“同一幅？”乔也惊讶地看了看两幅画，“画的都是鲁昂教堂？”

“没错，”舒婵点了点头，“这两幅是其中的《交响曲》和《棕色和谐》，如果非要按时间分，那就是上午和傍晚的区别了。当然，这些画莫奈并不是在同一天完成的。但它们和其他画相比，年份又相差甚远，这太不合理了。”

周子书赞同地点了点头，又开口问：“那还有什么排序的方式？”

舒婵紧紧地裹了裹身上的衣服，搓了搓手，哈了两口气。她虽然在说话，但没有闲着，现在已经完成了三幅画的拼图，只剩下最后两幅了。

“我刚刚也在想，如果单纯的按年份，那对我来说，甚至对任何一个比较资深的美术爱好者来说，都太简单了。”舒婵又拼好了一幅画，“我思来想去，只有一个可能，就是我们在上一关见过这些画，而上一关的画是有顺序的。”

乔也虽然没在现场，但也从监控看到了密室里的情况。想到这儿，他心有余悸地说：“舒老师，幸亏是你在那边，要是换了我们任何一个人，恐怕记都记不住那些画，更别说顺序了。”

“如果不是稍微注意了一下，我也不会记住。虽然我记忆力很好，但顺序也不是瞟一眼就能记住的，毕竟很少有人会注意到，”舒婵拼好了最后一幅画，“还好，当时因为没从画里找出线索，我就多留了个心。”

她一边说，一边把那几幅画调换了顺序。别的乔也看不懂，但他看到，两幅同一系列的《鲁昂教堂》，竟然不是挨在一起的。

舒婵的记忆力果然很好，画的顺序刚刚摆好，便听到墙面内部传来了机关启动的声音。面前的墙壁以五幅画的中心为点，向四周分裂开来，露出了一条仅容一人爬过的通道。

“我先走，舒婵，你跟在我后面。”周子书说完，就率先爬进了通道。舒婵对乔也点了点头，跟着爬了进去。

陆林志走了过来，但他似乎有点儿怕乔也，跟乔也保持着至少一米的距离。看到乔也回头，他又很不自然地咽了一口唾沫。

乔也知道陆林志是心虚，但现在不是算账的时候。他看了陆林志两眼，不咸不淡地说了句“走吧”，就转身去招呼林思思了。

等陆林志爬进通道，林思思才走过来。虽然冷得都要失去知觉了，但林思思并没有急着爬出去，她吸着鼻子问乔也：“你手上有陆林志的案子？”

乔也愣了一下，随后点了点头：“有些案子确实牵扯到他了，但那是经侦案件，我只经手过，不是最终负责。”

“但他还是恨上你了，或者说怕你。”林思思耸了耸肩，“乔警官，小心点儿吧。”

乔也扯着嘴角笑了笑："他再恨我，该查的我还是得查。行了，先出去吧，这儿太冷了。"

通道大概有五米左右，中间转了两次方向，一次向左，一次向右，大概是一个"Z"形的通道。

爬出通道，他们来到了一个类似电梯的小型空间里面。这周围什么都没有，一片空白，其中一面墙看得出来中间有一道缝隙，应该是一扇门，但他们四周找了找，也没找到可以打开门的机关或者钥匙。

"真的是电梯啊？"林思思四周看了看，"可是这电梯好像并没有启动。"

她的话音刚落，就听见周子书低呼了一声，转头一看，原来是舒婵晕倒了，周子书赶紧蹲下接住了她。

"怎么了？"乔也也蹲了下来。舒婵嘴唇发白，脸色有些不正常的红，明显已经发烧了。

周子书摸了摸她的额头："发烧了，还有水吗？"

林思思拿出之前没喝完的水递给他："有，不过只有凉水。"

周子书接过来，给舒婵喝了一些，给她拢了拢外套，动作十分娴熟，完全没有陌生男女避嫌的意识。

乔也不动声色地皱了皱眉，用余光看了看林思思。林思思正盯着舒婵，神色有些担忧，但完全没有疑惑或惊讶，这让乔也更加不解。

这时，电梯突然启动了。

电梯大概向上运行了一层就停了下来，面前的电梯门缓缓打开了。

第四章 热感牢笼

1

他们看到了秦飞扬和郁晨！

秦飞扬和郁晨在一个笼子里，一个吊起来的笼子里面。

一个小时四十分钟之前，在那间低温的拼图密室里，他们刚刚进入，密室的灯光就熄灭了。两根铁链猛地从墙壁中伸出来，分别缠住了秦飞扬和郁晨的腰，他们还没来得及喊出声，就被拖出了那间密室。

在黑暗的通道里，他们尝试着挣扎，但铁链实在绑得太紧，根本挣扎不掉，何况铁链还在飞速地拖着他们移动。密室的墙是隔音的，他们再怎么喊，能听到的也只有彼此了。

很快，两人被铁链拖到笼子里，随后灯亮了起来，密室已然换了一间。

秦飞扬和郁晨发现身边的人是彼此的那一刻，都微微愣了一下。他们千想万想，也没想到这该死的笼子会把他们俩关在一块儿，或者说，这是故意的？

两人对视差不多三分钟，表情从惊讶变成复杂、纠结，然后，各自转开目光，陷入了良久的沉默。

密室里非常安静，他们被笼子吊在天花板上，距地面的距离至少有五米，而且笼子材质特殊，非常重。如果他们直接摔下去，一定会因为笼子本身的强大重力而摔成脑震荡，甚至摔死。

除此之外，笼子上面还安装着一个热感装置，旁边提示热感装置的极限是四十五摄氏度，而现在已经高达三十八摄氏度。可怕的是，笼子即便是发生轻微的摩擦，也会导致热感装置温度的升高。

不得不说，两人的处境非常危险。但就在这么危险的处境下，他们竟然没有去想怎么逃生、怎么离开这个笼子，反而想起了那些前尘往事。

秦飞扬在想，郁晨也在想。

他们想开口，又不知道从何说起。两人就这么陷入了沉默，沉默中又带着一丝丝尴尬。

不知道过了多久，郁晨终于开口了，他问："为什么？"

秦飞扬知道他想问的是什么，一时间不知道该怎么回答。

谈话既然有了开始，那么要继续下去就没有那么难了，如果不是考虑到热感装置，郁晨简直想跳起来歇斯底里地质问秦飞扬："为什么当年对我下毒？为什么把我一个人扔在原始森林里？你亲口说会好好照顾我，亲口说我们两兄弟是孤儿，只能相依为命，你最后却拿我的命换你的命，为什么？"

"我……"秦飞扬皱了皱眉头，欲言又止。他在脑海里组织着语言，组织着可以完美表达出自己苦衷的语言，可是组织了半天，他发现仍然没有什么效果。

郁晨见他不回答，质问了一声："当年你就那么想让我死？"

"不是，我没有……"秦飞扬准备开口的时候，密室的门突然开了。乔也和林思思率先冲了进来，在密室中搜寻一番后，将目光定在了他们二人身上。

舒婵和周子书随后走了进来。尽管身上披着周子书的衣服，舒婵的脸色看起来还是不太好，烧应该还没有退。

见到秦飞扬和郁晨，舒婵一下子精神了许多。她朝着笼子看了几眼，虚弱地说："原来你们在这儿。"

虽然声音虚弱，但语气有点冷冰冰的凌厉，这让所有人都忍不住看了她一眼。毕竟她在上一间密室中表现出的是对秦飞扬和郁晨的关心，大家都不约而同地以为她和秦飞扬或者郁晨是旧识，甚至是恋人。

当然，这一切都是猜想，毕竟周子书对她的态度实在有些暧昧。要说周子书在游戏中对舒婵一见钟情，那也太不现实了。

乔也现在顾不上舒婵的事情，赶紧问秦飞扬和郁晨："这是怎么回事儿？"

秦飞扬和郁晨已经很长时间保持着一个姿势了，不敢随便动，以免触发热感装置。幸好他们曾有过训练，换作普通人，恐怕早就因为紧张而乱动，从而触发装置害死自己了。

秦飞扬仍然保持着僵硬的姿势："我们是在上个密室被铁链拖过来的，直接拖到了笼子里面。哦对了，这里有一个热感装置，温度的极限是四十五摄氏度，我们被关在笼子里面，不敢轻举妄动。"他用目光示意了一下身后。

乔也探头看了看。林思思直接转了过去，等看清装置，啧啧叹了两声："你们俩这是造什么孽了，怎么就被这笼子给瞄上了？"

秦飞扬苦笑了一声："我不知道。"

郁晨闭口不言。

这时，周子书突然低呼了一声，指着地上大喊："你们看，你们看！"

众人闻声看过去，只见笼子正下方的地板缓缓裂开一个缺口，打开了一条仅容一人通过的逃生通道。虽然光线很暗，但也看得出来里面有向下的梯子。

值得一提的是，通道就在笼子正下方，而且比笼子小了整整一圈儿。换而言之，如果笼子掉下来，那么这个逃生通道就会被封住。那么重的笼子，想要推开可没那么容易。

乔也心知肚明了，果然又是同样的套路，要么直接逃走，要么放弃逃跑选择救人。前几关还好，大家都还处于相对陌生的阶段，像周子书那样，顺便伸个援手也不是难事，但游戏进行到现在，一些隐藏着的秘密也慢慢浮出水面了，想要让大家救人，恐怕就没那么简单了。

其他人也都明白过来，而且大多数人心里已经有了决定。比如陆林志，他在明白过来这一切后，立刻哇哇大叫着冲向了通道，他从来不会主动施救，逃命也是最快的。这一点，大家都已经习惯了。

乔也并不在意他的逃跑，毕竟经过上一间密室的事后，他觉得陆林志还是不要插手比较好。

周子书挑了挑眉，对着通道大骂了几声，等骂舒服了，才抬起头问秦飞扬和郁晨："哎，如果我救了你们，你们会不会跟我争奖金？"

周子书一直都说自己是冲着钱来的，直到现在也没有露出什么太大的破绽，除了对舒婵的态度，看样子他是准备把这个谎撒到底，到哪儿都提一嘴。

秦飞扬似乎没想到他会这么问，短暂的惊讶后，他又苦笑着摇了摇头："事到如今你还问这个问题？你真的是冲着那一千万来参加这个该死的游戏？还有，你真的觉得我像是为了那一千万来的吗？"

周子书抱着臂耸了耸肩："我管你是不是呢！反正大奖只有那么一份，在场的各位对我都有威胁，不是吗？"

秦飞扬竟然回答："是。"

他这么直接的回答，倒让周子书一下子不知道该怎么接活了，他轻咳了两声，故意做出一副理所当然的样子："那不就得了，你答应我不跟我抢奖金，我才会愿意救你们嘛！"

秦飞扬听得出他是在开玩笑，知道他根本没有救自己和郁晨的打算，便不跟他废话了。

周子书不再自导自演，走到墙边靠着坐了下来。这时，舒婵突然开口问："你们认识木九千吗？"

在第二关移动密室中，舒婵就问过郁晨这个问题。当时郁晨表现出的就是一副什么都不知道的样子，甚至有点儿惊讶和茫然。这次听到这个问题，他仍然疑惑地皱了皱眉，然后轻轻摇了摇头。但郁晨心里已经有了猜测，舒婵会这么问他，说明这个人肯定跟秦飞扬有关系。

秦飞扬愣了一下，没有回答，只是低了头，眼睑也慢慢垂了下去。

大家都心知肚明了，认识木九千的不是郁晨，是秦飞扬；跟木九千有关的人，是秦飞扬。舒婵一直在找的人，也是秦飞扬。

那么乔也想找的人……

乔也得到了答案，看起来似乎有些激动，但他是警察，所以他在极力隐忍。他问秦飞扬和郁晨："你们认识齐瑶吗？"

这次换秦飞扬茫然了。郁晨皱了皱眉，看了乔也几眼，最终还是收回了目光，没有回答他的问题。

乔也却不死心，转而追问郁晨："告诉我，齐瑶在哪儿。告诉我，我就立刻救你们！"

很难相信这是一位警察说出来的话，在前面几关中，乔也一直表现得善良正义，从来没想过让人死在游戏中，随时随地都想着救人。而现在，他让别人拿自己的命来做交易。

林思思就站在离乔也不远的地方，不知道为什么，听到乔也说这句话，她的表情似乎有些动容。她神情复杂地看了乔也一眼，又缓缓抬头看向了郁晨。

郁晨沉默了几秒钟，竟然低低地笑了起来，是那种嘲讽的笑，不知道是在嘲讽乔也，还是在嘲讽他自己。

不过这一点儿也不重要，很明显，齐瑶就是乔也的逆鳞，在上一间密室，他也是因为齐瑶而差点儿失控。他是很认真地在问，也很认真地想要得到答案。可是郁晨带着嘲讽地笑了，而且在笑过之后，他并没有回答这个问题。

乔也嘴角颤抖，恶狠狠地说："你知不知道，我能让你们死在这里！"

听到乔也的话，所有人都吓了一跳。林思思还是一副看戏的模样，似乎这样的乔也还挺合她心意的。周子书本来就有点儿怕警察，他抬头看了乔也几眼，撇撇嘴，将头埋进了膝盖。

秦飞扬着急地看着郁晨，似乎想劝郁晨，但又不知道怎么开口。郁晨敛住笑容，但没有回答乔也的问题。

舒婵忍不住问道："乔警官，你不会真的想让他们死在这儿吧？"

听到舒婵的问话，乔也稍稍愣了一下。随后，连他自己也震惊了！

他一直是个合格的警察，善良、正义，重视法律，内心充满光明。

刚刚的话，不仅仅是威胁，乔也很清楚，他刚刚真的产生了那样的想法。

震惊过后，他慢慢地低下头，微微皱了皱眉，似乎在忏悔，在自责。大家见他冷静下来，都松了一口气。

过了一会儿，乔也又抬起头，神情复杂地看了看秦飞扬和郁晨，之后轻轻叹了口气。他知道郁晨现在不会回答他的问题，他也绝对不能用生命来威胁他们。他很无奈。

舒婵走到了林思思身边，将自己隐藏在角落的黑暗里。

周子书笑着摇了摇头，走过来拍了拍乔也的肩膀："乔警官，看来他们是不准备回答你的问题了，那还是我来问吧。"他抬起头，脸上的笑容慢慢消失，他看了看秦飞扬，又看了看郁晨，冷冰冰地发问："你们认识周天耀吗？"

郁晨下意识地一愣："那场车祸的受害者？"

在车祸故事中，大家大概猜到，当年入狱的人是替罪羊，真正的凶手还逍遥法外。

很明显，郁晨就是那名替罪羊，就是乔也口中的低能儿，也是跟他未婚妻有关的人。

秦飞扬同样很震惊，但他没有说话，只是定定地看着周子书。

他目光如炬，好像要把周子书看穿一样。

"很奇怪吗？"周子书看到他们这样的反应，觉得特别好笑。他反问郁晨："奇怪我会问周天耀的事情？还是奇怪我知道周天耀是怎么死的？"

"周——子——书——"秦飞扬盯着他，突然恍然大悟，不由得低着头苦笑起来，"我明白了，我明白了……"

一个活着的姓周的人，问一个死了的姓周的人，这其中的原委关系，稍加思索就能明白，不只秦飞扬明白了，其他人也明白了。

"看来是你了，"周子书看向秦飞扬，目光渐渐变得阴狠，"说说吧，当年的真相到底是什么？我可不是警察，我要让你们死在这里，绝对说得出做得到。"

秦飞扬看了看他，转头看了一眼乔也，神情中带着几分为难。

他当然会为难，依郁晨所说，周天耀牵扯到的是一桩车祸案件，而且这桩案子还不简单。作为一个嫌疑人，当着警察的面说尘封许久的案子，的确是一件非常为难的事情。

周子书直直盯着秦飞扬，盯着他要一个答案。郁晨虽然知道秦飞扬为难，但这为难总不会比他和自己亲兄弟的命还重要。周子书的威胁，比乔也的威胁要有力度得多，毕竟他是一个小偷、一个犯案累累的人。

也许是在回忆，也许是在思考，也许是在组织语言，总之秦飞扬就一直沉默着。不知道过了多久，他终于低声开口，语气中满是无奈，甚至还有懊悔："这件事……我也只是一个棋子，郁晨也是。"

"他是被你设计的棋子，"周子书接过话，"那你呢？设计你的人是谁？"

秦飞扬担忧地看了一眼郁晨，又低头看了看乔也，最后将目光落定在周子书身上："事到如今，还需要我说得更明白吗？就算需要，你是不是也应该先救我下来？你既然威胁我，就应该知道自己的筹码是什么。"

周子书思索了片刻，神经兮兮地转头看了看四周，随后连着骂出好几句脏话："妈的，陆林志这个王八蛋，果然又跑了，该死的！"

他一边骂，一边从通道追了出去。

周子书的举动让所有人都一愣，在短暂的发愣后，大家又似乎明白了些什么。周子书在陆林志刚刚离开的时候就骂了他几句，现在突然来这么一出，还是在和秦飞扬、郁晨对峙之后，显然是有猫儿腻。

乔也若有所思地看了看秦飞扬和郁晨。秦飞扬也被周子书这突如其来的举动搞蒙了，但他也很快就发现了端倪，还颇为满意地笑了笑。

2

林思思注意到了乔也在盯着她，便收回思绪："乔警官，你看我干什么，拆弹我会，笼子里救人我可不会啊。而且你看看，现在除了你，就剩我们两个女的，有心无力啊！"

她说得虽然有道理，但乔也一点儿也没看出来她的"有心"。

林思思见乔也没有回应，又低呼一声："乔警官，你不会根本没打算救人吧？"

林思思问话的时候，舒婵也在盯着乔也，好像真的很期待得到他的答案似的。

乔也淡淡地扫过她们二人，露出让人安心的微笑："我刚才冲动了，但不会一直冲动的。于公而言，他们不该死在这里，即便他们真的有罪，也应该是法律制裁。"说到这儿，他意味深长地看了一眼秦飞扬，最后目光又落到了郁晨身上："于私而言，他们要是死了，我想查的东西就永远也查不到了。"

郁晨似乎在刻意回避，他收回目光，将头转到了另一边。

乔也知道现在是问不出结果了，他也做好了心理准备，于是冲着秦飞扬和郁晨大喊："告诉我你们上面的情况。"

秦飞扬立刻回答："笼子是用一根铁链吊着的，铁链上面有一截保险丝，保险丝的另一头在天花板洞里面，里面的情况我看不清。连接铁链的这一头还连接着笼子上面的热感装置，如果热感装置达到四十五摄氏度，保险丝会烧断，笼子会直接掉下去，当然，我们也会掉下去。这个笼子材质特殊，恐怕有七八百斤，这么掉下去我们必死无疑。现在热感装置已经有三十八度了，你们施救过程中恐怕温度还会升高，还有，笼子是焊死的，唯一的出口就是这铁链连接着的笼子的顶门。"

如果玩家选择打开顶门，一定会因为强大的摩擦导致热感装置被触发。保险丝断了，铁链也会失去支撑，人还是会掉下去。

所以，即便顶门可以轻易打开，里面的人也不敢轻举妄动。

这个设置，就是让被关进笼子的人完全无法自救，只能靠笼子外面的人救助，或者等死。

舒婵听完后，面色不佳地摇了摇头：“他们没怎么动都有三十八度了，这热感装置在金属制的笼子上，如果产生摩擦，温度是很容易升高的。乔警官，这可不好救啊！”

“那也得救！”乔也不假思索地回答。

舒婵似乎还想说什么，但被林思思用眼神阻止了。林思思轻轻摇了摇头，抬头看向了笼子。她和舒婵都知道，她们阻止不了乔也，能继续待在这儿没逃跑，已经算有良心了，没必要再去提醒他。

乔也开始围着笼子仔细观察，转了一圈之后，他问林思思：“工具箱还在吧？”

“在，”林思思拿起工具箱，掏出折叠梯递给他，“乔警官，你可想清楚了，你贸然施救，可能反而害了他们。那笼子有七八百斤重吧，这么高，这要是掉下来……啧啧，死不了也得脑震荡吧？”

“我当然不会贸然施救，”乔也一边说，一边脱下了自己的外套，“我这衣服是特警部队特制的，韧性极强，只要在温度超过四十五摄氏度之前用它代替保险丝连接那根铁链，咱们就能解决热感装置的问题，再想办法把笼子放下来，或者打开笼子。总之，先把热感装置解决了，这玩意儿实在太危险了。”

林思思拉了拉那衣服，果然非常坚韧，但毕竟衣服就这么一件，想要吊起那么重的笼子，还是不太可能。

乔也看出了她的顾虑，叹气道：“没有其他办法了，哪怕能帮他们多争取几秒的时间，打开顶门抓住衣服也好。”

林思思不再多说，打开折叠梯，望了望上面：“你去？”

“嗯，”乔也点头，“万一失败了，我力气总比你大。”

林思思哼笑一声："有区别吗？你力气再大也拉不住一个七八百斤重的笼子吧，你当自己是超级英雄呢？"

乔也对她的讽刺已经有几分习惯了，况且这种状况下，他也不可能去跟林思思争论什么。立好梯子后，他就拿着外套爬了上去。林思思虽然嘴硬，但还是帮他扶住了梯子。

这个密室的空间比之前的密室空间都要大，天花板也要高得多，乔也爬到了折叠梯顶端，也只能堪堪够到保险丝。好在他的平衡力非常好，在梯子顶端也能站得很稳。

乔也看了看笼子，由于角度，他的视线有点儿受阻，看不到热感装置，便叫秦飞扬和郁晨配合："你们随时关注热感装置的变动，温度升高到四十二摄氏度以上立刻通知我。"

秦飞扬答应了一声，郁晨也死死盯住了热感装置。

保险丝一头连接着笼子上面的铁链，另一头连接着天花板凹进去的一个洞。乔也勉强能看清洞里安装着一个铁环，保险丝就缠绕在铁环上面。

乔也小心翼翼地将衣服一头固定在铁环上面，这个操作看似简单，但为了避免热感装置温度升高，他必须尽可能地避开保险丝。在这直径不足二十厘米的小铁环上操作，这实在不是一件容易的事儿。

果然，尽管非常小心，乔也还是不可避免地碰到了保险丝，热感装置的温度立刻升到了四十摄氏度。秦飞扬和郁晨没有说话，但都倒吸了一口冷气。乔也听到这倒吸冷气的声音，就知道温度肯定升高了。

好在衣服终于穿过了铁环儿，他快速地打了几个死结。才将衣服穿过铁环儿，乔也就已经满头大汗了。他伸手擦了擦汗，走下了一节梯子，好让自己站得更稳一些。

因为保险丝比铁链细，所以在铁链上缠绕了很多圈儿，缠绕过后又顺着延伸到了热感装置上面。可以说，想要拆除保险丝，几乎是一件不可能的事情，因为在拆除过程中就会使温度升高到极限。

这时候，热感装置已经升到了四十一摄氏度。

“你们做好准备，”乔也准备行动了，“如果保险丝中途断了，或者衣服没有承受住笼子的重量，立刻打开顶门拉住衣服，我也会尽力拉住你们，这衣服承受你们两个人的重量不会有问题。用笼子做支撑点，尽量跳高一点，我不确定衣服会从哪里开始断裂。”

秦飞扬郑重地点头：“好！”

乔也终于再次行动了！

他猜测得没错，当他把衣服塞进铁链的链孔中时，热感装置一下子升到了四十二摄氏度。秦飞扬低低地“啊”了一声。他不用再开口，乔也也知道温度肯定再一次升高了。

“放心！”乔也语气坚定地说，仿佛真的信心满满。事实上，他自己心里也忐忑不安。如果失败，这可是两条人命啊，未婚妻的秘密也无揭开的可能了。

乔也很清楚，仅剩的三摄氏度的空间已经不能允许他小心翼翼地慢慢试探了，他必须快速地完成这一切，这样至少在保险丝断裂的时候，能够将衣服连接好，给秦飞扬和郁晨留条后路。

乔也将塞进链孔中的衣服猛地一拉，在听到秦飞扬又一声低呼后，又快速地打了一个死结。在打第二个死结的时候，保险丝不出意外地断了。笼子不受控制地向下坠去，生生将外套拉到了韧度的极限。

乔也死死地拽着还没打好的第二个结的衣袖，强大的拉力让他差点儿跟着栽下去，幸亏他见势不对，用一只脚钩住了梯子的下一层，而这也让林思思差点儿没扶住被猛然带偏的梯子。

秦飞扬和郁晨心有余悸地望着彼此，在缓过神后，抬头看了看拉住笼子的衣服。它已经到了极限，而且还在被下坠的笼子撕裂着，肩膀连接袖子的位置已经撕出了一个裂口，恐怕坚持不了多久了。

“快！”乔也死命拉住袖子喊，“打开顶门拽住衣服，这衣服承受你们两个的重量不会有问题，别拽袖子，往上面拉！”

秦飞扬麻利地打开了笼子，郁晨也跟着站了起来，只可惜，衣服没有等到他们稳稳拉住，就已经断裂了……

乔也被迫松了手，自己也跟着梯子来回摇晃了几下，最后两只脚钩住了梯子，以倒立的姿势趴在了梯坎儿上。

秦飞扬蹬了一下下坠的梯子，猛地向上一跳，眼疾手快地抓住了正要弹回去的半截衣服，郁晨也极为默契地抓住了他的脚踝，从铁笼中脱身。

铁笼子重重地砸在了通道上，将周围的地板砸得碎石崩飞，幸好林思思躲得及时，要不这几块崩起来的碎石够她受的！

不出意外，整条通道被笼子堵得严严实实，而他们是绝对不可能从笼子那不足二十厘米的缝隙中钻出去的。

现在也顾不了那么多了，乔也爬下了梯子，又和林思思一起将梯子推到了秦飞扬和郁晨的正下方。郁晨先够到了梯子，爬下来之前，他神情复杂地看着吊在衣服上的秦飞扬，直到林思思喊了一句“还不下来”，他才收回目光，爬了下来。

秦飞扬随后也爬了下来，他胳膊和脚腕受了些轻伤，不过只是轻微错位，没什么大事。秦飞扬下来的第一件事就是将郁晨上上下下打量了一番，急切地问：“你没事吧？”

“你会在乎吗？”郁晨显然没有领他的情，想到刚才电光石火间发生的事情，又有点儿心虚，“刚才我是托你福活了下来，但这也不能抵消咱俩之前的恩怨。”

秦飞扬无奈地叹气：“我没想抵消之前的恩怨，算了，你没事就好。”

郁晨轻哼了一声，不再言语。秦飞扬见状，连着叹了好几口气，也不再言语。

3

乔也看得出来，秦飞扬不是不想说，而是因为他们在场，他说不出来。他们二人的恩怨，不知道又牵扯了什么见不得人的秘密。

这时，舒婵从角落里走了出来，用眼神指了指堵住通道的大铁笼子:“你们俩的恩怨误会自己找地方解决,现在的问题是，我们怎么出去？”

乔也想到之前舒婵对他们的关心，忍不住疑惑地看了她一眼，但舒婵显然不想解释什么。或许，她根本就不想再解释了。从提起木九千开始，她就知道自己没必要继续演戏了。

乔也推了推那铁笼子，如林思思所说，七八百斤重的笼子，就算他这受过特训的警察也不能撼动半分。

秦飞扬也走了过来,伸手按住了铁笼子:“乔警官,一起吧。”

郁晨站到了对面，拉住笼子：“我在这边。”

秦飞扬很是欣慰地对着郁晨笑了笑：“咱们不用把笼子完全移开，只移开一点缝隙，够一个人下去就可以了。”

话虽然不错，但这笼子实在太重了，而且材质独特，这一掉下来，就好像牢牢吸在了地上。三人又推又拉折腾了半天，笼子还是纹丝不动。

按理说，乔也是警察，秦飞扬和郁晨虽然身份不明，但明显也是受过特训的练家子，三个体格强壮的男人，推动一个七八百斤重的笼子应该是可行的，但这笼子就是不动如山。

乔也正打算检查检查，就听到蹲在一旁的林思思道：“笼子下面有强力热熔胶，怪不得要设置一个热感装置，这根本就是个连环套啊！”

听到这话，乔也、秦飞扬和郁晨同时放了手，无用功就不必再做了。

乔也又去检查了一下，笼子底部还真有强力热熔胶，这胶如果过几个月退化了可能还能脱落，但现在是不可能了。当然，他们仅剩的那点儿水和食物，也不可能真的坚持几个月。

“别着急，肯定还有其他办法，”乔也一边说，一边观察着笼子周围的情况。在看到那些碎石后，他突然转头问林思思，“思思，工具箱里有没有比较重的、力道比较大的，类似锤子的工具？”

林思思点头：“有。”

乔也在问出这句话的时候，大家就知道他的想法了。林思思直接挑了几把扳手和锤子分给大家，然后蹲在笼子旁边，说道：“砸？”

“都过来，砸一边就可以了，”乔也指了指自己所在的方向，“笼子的门歪向这边，所以这边的地面也是受损最严重的。咱们就砸这边，砸出一个洞来，连接到通道就能出去了。”

这个办法肯定是可行的，但他们的工具都太小了。即便几个人一起行动，砸了半个多小时，才砸出一个连接到通道的小坑。

乔也擦了擦头上的汗：“下面的碎石是没有热熔胶的，砸起来会快很多，大家别泄气，先休息一会儿再继续。”

舒婵已经累得砸不动了，乔也让她在旁边休息。秦飞扬和郁晨还在继续砸，林思思也在往外面扒拉着碎石。

乔也说得不错，没有热熔胶，下面的碎石确实好砸多了。

差不多又过了十分钟，他们砸出来的洞终于能容得下一人进出了。林思思率先钻了进去，站在通道的梯子上。

她没急着走，转过头来笑着打趣了一声："还好咱们几个都不胖，要是陆林志在这儿，恐怕还得多砸二十分钟。"

乔也配合着苦笑了一声，他撑着笼子站起来擦了擦汗，走过去将舒婵扶了过来，让她先跟着林思思一块儿走了。

舒婵下去后，乔也又看向了秦飞扬和郁晨。秦飞扬和郁晨却没有要离开的意思。

他们的意思很明显，让乔也先走，他们想单独说些什么，关于他们兄弟之间的恩怨。实话说，乔也很想留下来听听，毕竟郁晨是知道齐瑶秘密的人，但现在确实不适合，他会意地点了点头，先钻进了逃生通道。

让乔也吃惊的是，秦飞扬和郁晨很快就跟了过来，他们并没有在后面说什么。或许，是考虑到逃命要紧；也或许，还是不知道要怎么开口；最有可能的是，他们还在顾及着其他人。

乔也没有多问，只嘱咐了一句："小心头，通道很矮。"

秦飞扬和郁晨不约而同地说了声"谢谢"，不是为这句嘱咐，而是为了之前的相救。乔也顿了一下，很想说"谢我就把齐瑶的下落告诉我"，但他并没有说出口。

通道的梯子一直通往地下，大概走了半层楼的时间，才看到一条平直的通道。通道大概有三米左右，随后又拐了两个弯儿，便出现了一扇铁门。

林思思和舒婵已经到了铁门前，舒婵有些不舒服地靠在一边，林思思正打算去开门。

"等等，"乔也阻止了林思思，跑过去将她护在身后，"我来吧。"

林思思没有拒绝，在这个密室里，绅士风度可能是会要命的，但乔也是一个警察，他这不是绅士风度，而是作为一名警察的本能选择。

乔也伏在门上听了听，也不知道他听到了什么，只见他突然脸色大变，随后立刻站起身后退两步，一脚踹开了门。

在看到门内发生的一幕后，众人才知道他刚才为什么脸色大变！

第五章

蓝光手术室

1

周子书正死命地掐着陆林志，陆林志翻着白眼儿，已经说不出话来了。他的左腿上插着一支短箭，让他连蹬腿的力气都没有了，眼看就要一命呜呼。

乔也想也没想，冲过去一脚踹翻了周子书。周子书反应不及，被踹得跌倒在一旁，马上爬起来，震惊又愤怒地盯着乔也。

舒婵也惊慌地跑了过去，站在周子书和乔也之间，挡住了周子书的视线。

乔也把陆林志拉了起来，陆林志脸色还是酱紫的颜色，话也说不出来，捂着脖子狠狠地咳了几声之后，才发出几声呜咽。

“怎么回事儿？”乔也怒问，“你想杀他？”

周子书供认不讳：“对啊！”

秦飞扬也走了过来，检查了一下陆林志的脖子，下结论道：“没什么大事，就是气儿还没顺过来，顺过来就没事了。”

乔也这才放了心，问秦飞扬：“腿上的伤呢？”

秦飞扬转过去看了看陆林志的腿，刚轻轻碰了一下，陆林志就哇哇大叫起来：“哎哟，疼疼疼——”

“挺严重的，”秦飞扬道，“伤到了肌理组织，骨头也伤到了，恐怕要动手术。”

“手术？”乔也一惊，“这么严重？”

秦飞扬听出他语气中的怀疑，无奈道：“我是外科医生，这种伤见过千八百次了。这箭一下子贯穿小腿，如果只是伤到肌理组织还好说，但伤到了骨头，不排除骨头碎了的可能。这里没有 X 光，我没法做很详细的诊断，但这种可能性非常大。”

陆林志开始呜咽起来：“这这这……这可怎么办啊，这破密室里怎么做手术啊。乔警官……你可得救我，你可得带我出去啊……”

乔也猛地转头看向周子书：“这也是你干的？”

周子书冷哼一声：“我倒是想呢，我要有这能耐，一箭插到他心脏里多省事儿啊！除了这一箭，其他的都是我干的。”

这“其他的”非常明显，除了小腿的箭伤和脖子上的掐伤，陆林志身上还有大大小小的青紫，眼睛肿了，鼻子也在流血。看起来，周子书在掐他之前，先对他拳打脚踢了一番。

周子书在上一间密室听到秦飞扬的话后，稍加思索就想到了陆林志。他来追陆林志，本来也是想趁他不备杀了他！谁知道老天有眼，他一进来，就看到陆林志被短箭射伤了腿，躺在地上鬼哭狼嚎。

周子书想到自己这些年过的日子就气不打一处来，上去就给了他一脚，将那短箭插得更深了一些。陆林志反抗不了，只能靠两只手拖着自个儿往后撤，但周子书哪儿会那么容易放过他。

周子书年纪尚轻，多少还有点儿孩子的稚气。他没想到先问清楚陆林志当年的事情，只是想先痛痛快快把他打一顿出气。

陆林志根本不知道自己跟周子书之间的恩怨，还以为自己和周子书就是偷东西和抓小偷的关系，被周子书这么拳打脚踢了一顿，也是有苦说不出。他没想到，周子书竟然会对自己下杀手。

周子书掐着陆林志的时候，就是奔着将他掐死去的。陆林志更是一句话也说不出来，只能费力地扳着他的双手。

现在听到周子书这么供认不讳，陆林志真想问问他到底是为什么。可是他已不敢说话，生怕周子书一激动又打他一顿。

乔也继续问周子书："为什么要杀他？你跟他有仇？跟周天耀有关？"

周子书哼了一声，翻了个白眼儿："我恨他的理由多了去了，我还去他公司偷过东西呢！这万恶的资本家，没少雇保镖打我，现在就当还给他了！再说，在座的各位谁跟谁还没点儿仇啊！"

周子书这句话看似玩笑，实际上一点儿不错。来参加这个游戏的人，多多少少都抱着某种不可告人的目的。如今看来，七个玩家之间的关系，还有些微妙。

这个时候严加逼问挑起恩怨，并不是件明智的事，一旦挑起其中一个人的恩怨，大家一拥而上，那局面就难以控制了。乔也只好暂停话题，问起秦飞扬关于陆林志的伤势。

秦飞扬仔细检查了一下陆林志的腿伤："肿了，肯定伤到骨头了，如果不及时手术，这条腿可能会废。"

"废……废？"陆林志直接急出了眼泪，扑过去抓住了秦飞扬的胳膊，那样子跟抓住了救命稻草没什么区别，"秦秦……秦医生，你可得救救我啊，我这腿可不能废啊，您救救我，出去我给你钱！"

秦飞扬转过头，悠悠地望了他一眼。

就这么一眼，陆林志立刻安静了，不哭也不呜咽。他就这么愣愣地望着秦飞扬，一句话都不敢说。

乔也惊讶地看着他，想起周子书在上一个密室问的话以及刚才想要掐死陆林志的表现。他隐隐约约明白了什么，便若有所思地看了秦飞扬几眼。

“救你？”秦飞扬的语气突然有些阴阳怪气的，陆林志的目光慢慢变得惊恐。乔也有些警惕地盯着秦飞扬。秦飞扬又轻声笑了笑，故作轻松道：“我也得有工具才行啊！”

显然，这也不是什么好话，但不知道为什么，听到这句话的陆林志，竟然松了一口气，抽搐着嘴角笑了笑：“急救……急救也行。”

也许是被周子书折磨得体力大减，也许是刚刚被秦飞扬吓得虚惊一场，陆林志在说完这句话后，竟然两眼一翻晕了过去。

乔也接住他，将他放在地上。乔也的目光中，还是带着一丝警惕。

秦飞扬也站了起来，向后退了几步：“急救也不是那么容易的，在野外还能用树枝固定。在这密室里，石膏打不了，急救包也没有，要想救他，我们还是先想办法出去吧！”

乔也知道秦飞扬说得不假，尽管他还有诸多疑惑，但现在只能暂且放下：“好，大家一块儿找找有什么线索吧。”

这间密室和之前的密室有一个共同之处，那就是四面墙壁都光秃秃的，什么也看不到，但仔细看可以看出来，这墙壁不是普通的墙壁，是有暗格的。

目前看得见的，就是墙壁上那几个小孔以及地上的几支短箭，大家这才明白陆林志腿上的伤是怎么来的。当初他跑得最快，却在这里着了道儿，难怪让周子书捡了便宜。

乔也先检查了一下那几个小孔，确认不会再有危险后，才放心地让大家四处寻找线索。但这种带暗格的墙壁，机关一般藏得非常隐秘，想要找到，绝不是简单的事情。

正在大家四处寻找的时候，周子书突然冒出一句“什么玩意儿”。乔也循声看去，见他正拿着一只手电筒捣鼓着。打开后，手电筒发出了光芒，关上后光芒就消失了，看来只是一只非常普通的手电筒，没什么特别的。

但这只手电筒并不是他们之前工具箱里面的。而且这个密室的灯光并不昏暗，这种情况下有只手电筒出现在密室里，就显得有些奇怪了。

乔也本来想让他再观察观察，然而周子书只吐槽了两声，就去寻找其他线索了。

很可惜，几个人找了十几分钟，该搜的地方都搜了一圈儿，也没找到什么有用的线索。

“难道又像第二关一样，到某个时间段，机关会自动启动，像那个 LED 屏？”林思思猜测着，“要真是这样，那咱们也太被动了吧？”

“应该不会吧，”秦飞扬思索着，“如果是这样，那这个密室设计这么多关卡的意义在哪儿呢？”

“前面几关，有一个共同点。”舒婵的声音从角落传来。她总是喜欢待在角落，好像那样才有安全感，但她一开口，又总是很容易吸引到别人的注意力。

见大家都转过头来，她才继续分析：“你们没发现吗？每一个都有同样的选择，救人或者是逃命。只是每次被困的人都不一样，第一关是乔也，第二关是我、郁晨和陆林志，第三关是秦飞扬和郁晨。当然，我们要把拼图密室和笼子密室当成同一个关卡来看。”

他们已经在密室中待得太久了，前前后后又发生了这么多事情。大家的确没注意到这一点，经舒婵这么一提，每个人都想起来了。

的确是这样，每次，他们都面临着救人和不救人的选择。

如今看来，这一关被困的就是陆林志了。

那么能救陆林志的是谁？毫无疑问，就是秦飞扬。

他们也看得出来，陆林志和秦飞扬绝对不是陌生人。他们认识，甚至有着某种复杂且不可告人的关系。陆林志似乎有些怕秦飞扬，但是他到底怕什么，这没人知道。

或许有人知道，但这种情况下，没有人会说，就算有人问，恐怕也没有人愿意回答。

秦飞扬意识到了这一点，故作轻松地笑了笑："我是个医生，治病救人是天职，前提是我得有工具啊，现在这种什么都没有的情况，我想救也救不了啊！"

秦飞扬说的是事实，现场的确没有能让他施救的工具。但乔也非常怀疑，有了工具，他就会心甘情愿地救陆林志吗？尤其是，如果面临着可以逃亡的另一个选择的话？

第一关周子书会相救，是因为受了秦飞扬的威胁；第二关会施救，是因为指纹是乔也的，而乔也是一个警察；第三关，也是因为乔也，如果换作其他人，郁晨和秦飞扬恐怕很难活命，如果秦飞扬死了，这一关，陆林志是不是就没救了？

同理，如果周子书第一关没有救乔也，郁晨、舒婵和陆林志也会死在第二关。

他们之间是紧密相联的，一个人的死亡，可能导致其他几人的死亡。讽刺的是，紧密相联的人之间都有着或多或少的恩怨。这种恩怨可能是如郁晨和秦飞扬的兄弟是非，也可能是如周子书和陆林志的生死仇恨……

乔也不知道其他人有没有意识到这一点，但他绝对不能说，即便其他人也意识到了，但是大家不捅破这层纸，也许还能相安无事地走下去。一旦捅破了，后果不堪设想！

"好了，"乔也安慰地对秦飞扬笑了笑，"你说得对，我们先找办法出去，至少出去你就能找到有用的工具了，对吧？"

秦飞扬又露出了他那标准的温和笑容："嗯，没错。"

听了这话，其他人也各怀心思地纷纷行动起来。周子书又拿出手电筒玩了起来，这次打开后射出的光线，却和刚才不一样了。

骤然的一道红光照射在密室中，秦飞扬大吃一惊，大喊了一声："闭眼！不要直视光线，有危险！"

2

秦飞扬是医生，而在这个需要给人动手术的密室里，会照射出什么样的光线，大家心里也有数。听到这话，大家纷纷紧闭了双眼。

周子书手一抖，手电筒的光直接朝着秦飞扬的眼睛照了过去。

"小心！"千钧一发之际，乔也猛地扑过去，一把推开了秦飞扬。两人双双倒地，那道红光也照向了对面的墙壁。

无巧不成书，就这么一照，对面墙壁上被照射的区域骤然凹陷，随后，那凹陷的部分又重新凸出来，出现了一个抽屉模样的暗格。

周子书是不是真的手抖大家不知道，但好在秦飞扬没事，还阴差阳错地找到了机关。

秦飞扬和乔也从地上爬了起来，周子书还在疑惑地望着对面的墙壁。林思思趁机上前，一把夺过他手中的手电筒，一边关一边说："看来手电筒的光线就是触发暗格的机关，我关了，你们去拿吧。"

秦飞扬跑过去拿暗格里面的东西，乔也转过头看了周子书一眼，目光中带着警告的意味。周子书接收到了他的警告，但他根本不以为意，只是挑挑嘴角，站到一边去了。

“是手术刀，”秦飞扬拿出了暗格里的东西，对着乔也摇了摇，“不过只有两个型号，看来还有其他暗格。”

林思思的手按在了手电筒开关上：“你们闪开，我来找。”

其他人都依言走到了一边，林思思打开手电筒，果然又照射出了红外线，她沿着墙壁一点一点儿地找，可惜的是，刚刚那面墙壁似乎已经找不出第二个暗格了，她只好又把光线移到了另一面墙壁上。

果然，对面的墙壁上又开启了一个暗格。秦飞扬拿出里面的东西，是另外两个型号的手术刀。

他刚刚将这两把手术刀拿出来，第一个暗格就射出了一道红外线，直直对准了第二个暗格。

还好秦飞扬身手够快，低头避开了，再抬眼去看时，这两个点之间已经形成了一条线，而且无法消散了。

“这是……”缩在角落的舒婵怔怔地向前走了两步，“光线迷阵？每开启两个点都会形成一条线？还是说如果再开启一个暗格，第三个暗格会和第一、第二个暗格各自形成一条线？”

这两者的区别非常大，如果是第一种，仅仅是新开启的点和上一个点形成一条线，那最终的光线也不会太多，这么大的密室，逃亡不成问题。

如果是第二种，每两个点之间都会形成一条线，那光线的数量就会以倍数增加，恐怕过不了多久，整个密室都会被光线密集地填充，也就形成了舒婵所说的光线迷阵。他们就会被困在里面，甚至可能被光线攻击。

听了舒婵的话，大家的脸色都变得格外凝重。

过了一会儿，林思思又故作轻松地拿起了手电筒：“试试不就知道了，反正这一次最多三条线，咱们还死不了。”

其他人纷纷退开，乔也将陆林志拖到了一个角落里，随后对着林思思点了点头。林思思会意，再一次打开了手电筒。

不出意外，已经开启了暗格的两面墙壁都没有找出新的暗格，当红外线照射到左边的墙壁上时，一处暗格应声而动。

“还是我去拿吧！”秦飞扬这话是对着大家说的，但他却看向了郁晨。

郁晨抱着臂，和他对视一眼后便收回了目光。秦飞扬倒还挺满足的，欣慰地笑了笑。

乔也拍拍他的肩膀：“小心点儿，注意隐蔽。”

秦飞扬是外科医生，身手也好，让他去拿显然是最好的选择，乔也没有反对，其他人就更不会反对了。

秦飞扬走了过去，先看了看暗格里的东西，又转头确认了一下第一个暗格和第二个暗格的方位，大致计算出光线应该会照射到的区域。计算结束后，他找到了最容易躲避的位置，这才去拿里面的东西。暗格里的东西刚刚被拿走的一瞬间，一、二两个暗格射出的光线就一起连接到了三号暗格，还好秦飞扬提前做足了准备，轻而易举地避开了。

看到这个局面，大家的脸色更阴郁了，还真让舒婵说对了，是第二种情况，每两个点都会连成一条线，每一次暗格开启都会增加大量的光线，而且会越来越多。

乔也忍不住问了一声：“秦医生，还需要多少工具才能做手术？”

秦飞扬举起手里的工具苦笑了两声：“这还差得远呢，而且，就算我可以用简易的工具做手术，可是我们不开启所有的暗格，能出得去这个密室吗？乔警官，我们在这个密室的目的，可不只是救人啊！”

“就是，”周子书也附和了一声，“要是救了那头死猪，大家再困死在这里，那救他还有什么意义啊！”

乔也微微蹙起了眉头。

秦飞扬和周子书说得不错，就算给陆林志做了手术，他们出不去密室，同样也是等死。何况这个密室中没有其他机关，唯一能启动机关的，只有这只红外线手电筒。

林思思没打算自己拿主意，她举了举手电筒，问：“各位，还要继续吗？”

周子书“切”了一声：“咱们还有其他选择吗？虽然一想到这些手术工具要用来救陆林志，我心里就超级不爽，但咱们还是得出去啊！”

郁晨也点了点头：“没有其他办法了，继续吧。”

林思思点头，示意秦飞扬走到一边。秦飞扬会意，走到了一个角落躲好。

不出意外，在最后一面墙壁，他们又找到了一个暗格。对于谁去拿暗格里的东西这件事，大家已经心照不宣了，所以都没有动，而是看向了秦飞扬。

秦飞扬小心翼翼地走了过去，像刚才一样计算了光线覆盖的区域，找到绝佳位置，然后开始拿暗格里的工具。

这一次，光线瞬间增加了三条，仅仅获得了四个工具，密室中就已经布上了六条红外线，而做手术的工具还远远不够。

每一个暗格中提供的手术工具数量不一，所以秦飞扬也没办法计算究竟还需要开启多少个暗格。很显然，这个密室不会让他们轻易过关。

林思思再次举起了手电筒：“这回你可要小心了，下个暗格开启，对应的光线就会增加到十条，我觉得你还是趴着过去最安全。”

秦飞扬苦笑连连：“现在就趴着，那等会儿光线更加密集的时候怎么办？”

“不对，”乔也看了看周围的墙壁，提出了疑问，“其他三面墙壁我们之前就找过了，现在第四面墙壁的暗格也开启了，这里又没有第五面墙壁，这四面墙壁中，真的还有暗格存在吗？”

舒婵道：“如果没有，总会有下一步提示的。”

周子书不耐烦地嘟囔了几声：“你管有没有呢，先打开看看再说啊。你们这些文化人，就是喜欢胡思乱想，这种情况你想就有用了吗，真是……”

话虽然难听，但很有道理，在这样的密室里，高智商还真没有什么用，靠的是观察力、体力，甚至运气！

林思思只好再一次开启了手电筒，手电筒的光一照出来，乔也刚才的疑问就得到解释了。

这次手电筒的光，是蓝色的。

“原来如此。”林思思看了看手中的手电筒，照向了第一个出现暗格的墙壁。

不同的光线会开启不同的暗格，难怪他们刚才怎么用红外线找都找不出同一面墙壁中的第二个暗格了。

果不其然，利用蓝色的光线，他们又在第一面墙壁上找到了一个暗格。

秦飞扬避着光线小心翼翼地走了过去。这时候，周子书突然开了一个很不合时宜的玩笑：“各位，我突然想到一个问题啊，如果这手电筒没电了，咱们该怎么办？”

其他人本来以为他真的有什么重要的问题，听他说了，都微微一愣，又没好气地转过了头。

林思思也没好气地白了他一眼：“那就等死！”

周子书闻言挑了挑眉：“哎哟，我一个没什么本事的小偷死了也就死了。各位大老板啊医生啊警官啊画家啊拆弹专家啊，死在这儿——啧啧啧，那可太不划算了。”

“闭嘴！”乔也突然吼了他一声。周子书被吼得一愣，看到乔也严厉的神情，只好吃瘪地闭上了嘴。

乔也不傻，他知道周子书没有表面看起来这么玩世不恭，也知道他没必要在这种情况下乱开玩笑。他这么做，是有目的的。

唯一说得上的目的，就是干扰正在光线中穿梭的秦飞扬。

光线有多危险大家也心知肚明了，如果秦飞扬一个心神不稳触碰到了某一条光线，虽然不至于当场没命，但想给陆林志做手术，那是绝对不可能的事了。

周子书的目的也许是陆林志，也许是秦飞扬，又或者，是他们两个。

还好，秦飞扬的心神够稳，不会轻易被别人干扰。他成功地拿到了第五个暗格里面的工具，正如林思思所说，密室中的光线一瞬间增加到了十条，看起来已经有点儿密布了。

但这还没完，蓝色光线也才开启了一个暗格而已。

秦飞扬安全回来，看了看密室里分布的光线，对林思思道：“继续吧。”

有了之前的经验，林思思直接把手电筒的光照到了第二面墙壁上，很快就找到了第六个暗格。

秦飞扬准备出发了，乔也拉住他嘱咐了一声：“小心点儿。”

郁晨在后面补了一句：“对，小心别丢了命！”

他这话三分讽刺、七分真心。秦飞扬听了，竟然还挺开心地微微一笑，点头道：“好，我知道了。”

郁晨抱着臂转过了头，神情中有几分别扭。

周子书看了看郁晨，又看了看秦飞扬，啧啧叹道：“哟哟哟，真是兄弟情深啊！”

他这话一出，秦飞扬的笑容立刻收了，郁晨也微微皱了皱眉，脸色变得不大好看，也不知道这句“兄弟情深”怎么刺激到他们了。

3

乔也瞪了周子书一眼，示意周子书闭嘴。同时他自己也越来越疑惑秦飞扬和郁晨之间的恩怨，他听懂了林思思讲的士兵故事，所以对秦飞扬和郁晨在车祸案件中扮演的角色心知肚明，但仅仅是那件事，就能让一对双胞胎兄弟反目成仇吗？

难道说，郁晨做这个替罪羊，是秦飞扬一手设计的？

那郁晨最终出狱，又是谁的手笔？秦飞扬？如果是这样，郁晨又在别扭些什么呢？

乔也晃了晃头，抛开了这些乱七八糟的想法，现在最重要的，是帮秦飞扬安全拿到工具，他虽然提供不了什么实际帮助，但帮忙盯着周子书让他别捣乱还是没问题的。

秦飞扬已经走到了暗格旁，即便现在的光线已经让人眼花缭乱，他依旧冷静地计算着，小心翼翼地取出工具，又以迅雷不及掩耳之势躲开了光线阵。

秦飞扬退了回来，对大家露出一个安心的笑容："如果蓝色光线是最后一道光，那么问题应该不大。你们看，光线主要分布在密室中央和上方的位置，我拿工具的时候要非常小心。只要开启了逃生之门，你们从下面趴着过去就可以了，不会有危险。"

或许是墨菲定律作祟，在通过蓝色光线找到剩余两处暗格后，密室中仍然毫无动静，很明显，蓝色光线并不是最后一道光线。

"还要继续吗，各位？"林思思收起了手电筒，暂时没有继续开启的意思，"再继续，咱们可就是拿命拼了！"

"那不然等死吗？"周子书反驳她，"你自己刚才不也说了，咱们有其他办法吗？"

“那是因为刚才是安全的，”林思思白了他一眼，“生死关头，人总要为自己考虑考虑吧？你真的觉得当这些该死的光线布满整个房间时，我们还能出去？如果不能，找这么多手术工具的目的是什么？救这头死猪吗？”

周子书嫌弃地看了一眼陆林志：“这点我赞同，我可不想救这头死猪！不过我也不想陪着他死，下辈子都投不好胎！”

秦飞扬摇了摇头：“你们不能这么想，或许当咱们顺利开启所有暗格后，这些光线会抵消掉，全部消失不见呢？”

“你在做梦吧,外科医生！”林思思冷哼一声摇了摇头,“你的意思是，咱们这一关就是让你这个身手极好的外科医生去拿这些手术工具？你把工具收集全了就通关了？其他人只要在光线不会照射到的区域躲过去就可以了？你就是个带着我们一群菜鸟躺赢的高手？拜托，大家都不是小孩子了，能不能现实一点儿？”

林思思的话虽然说得不好听，但是一点儿也没错。如果仅凭秦飞扬一个人就足以让他们通关的话，那似乎也太简单了一些。

“可是现在我们的确没有其他办法，”乔也拉了一下准备开口的秦飞扬，转向林思思，“思思，这个密室我们已经检查过很多遍了，除了这只手电筒，没有其他的线索，不是吗？如果继续，我们还有一线生机；如果不继续，那可就真的等死了！”

林思思没有理会乔也，她看了看秦飞扬，又看了看周子书，意味深长地问他们：“你们也是这么想的？”

出乎林思思的意料，秦飞扬和周子书竟然犹豫了。两人不约而同地看了看躺在地上的陆林志，纠结的目光中透露着一股恨意。

“事到如今，很多事情大家都猜得差不多了吧？”林思思这才看向了乔也，“我讲的士兵故事，跟各位多多少少都有些关系，不是吗？其他的我不知道，但陆林志在里边扮演着一个什么角色，想必各位心知肚明。周子书，你杀他做什么？你为什么会第二个追出来，难不成你知道他会受伤？”

周子书一点儿都不介意她这么说，冷冷笑道：“我要是知道，我肯定早点儿追过来，那样我就已经掐死他了！或者不先打他那一顿，直接掐死，你们就来不及拦着我了！”

看到乔也瞪过来的眼神，周子书伸出双手摆了摆：“乔警官，你别这么看着我，我还是很敬畏你的。但有一说一，咱们来到这个密室，明显是一个阴谋，能不能活着出去都是个问题，大家临死前有冤报冤、有仇报仇，不是挺好的吗？”

林思思点头：“这话我赞同，生死关头还管那么多做什么！”

乔也知道这些恩怨一旦被提起，想要安抚大家不是一件容易的事，即便他猜出了一些事情，也没有轻易提出来。但现在林思思已经提出来了，他无法阻止。

乔也想了想，只好顺水推舟、转塞为通：“士兵的故事里，陆林志扮演的是幕后真凶？”

“是啊，”林思思直言不讳，“我不知道幕后真凶跟你们什么仇什么怨，但跟我是有仇的，我为什么要冒险救他，吃饱撑的吗？好，你要是说反正我们出这间密室就要开启暗格，那你们立刻答应我，开启完了暗格收集了工具就走，不要救他。你们答应了，我立刻继续！”

乔也微微皱了皱眉：“思思……”

“行了，乔警官，”林思思开口打断了他，“我知道你想说什么，但你还是省省吧，你以为你就是清白的吗？”

乔也眉毛一挑，却也说不出话来了。

很罕见，一向正义善良、带动大家的警察乔也，因为林思思轻飘飘的一句话，竟然无法开口了。

林思思冷哼了一声：“周子书说得不错，在场各位谁跟谁没点儿仇呢？既然大家来这儿都抱着自己的目的，那达到目的不就好了？周子书，看起来咱们俩都跟陆林志有仇，合作搞死他怎么样？”

周子书欣然答应：“我没意见啊，要不是你们快了一步，我早就杀了他了！不过现在也不晚，就用这些光线把他弄死！”

“别冲动！”乔也终于从沉思中醒了过来，语气也变得柔和一些，“你们也说了，咱们到这儿来就是一个阴谋，如果真的如你们所说，各自完成各自的目的，那最后的结果是什么，你们想得到吗？”

这时，一直没有开口的舒婵悠悠地说了一句：“无人生还。”

“没错！”乔也连连点头，“就是无人生还。各位，我是一个警察，一切恩怨是非，等咱们出去了慢慢再算。我会让有罪的人得到他们应有的惩罚，含冤的人我也会还大家一个公道。大家相信我，好不好？”

林思思显然不买账：“那你自己的罪呢？”

乔也再一次陷入了沉默。

林思思嘲讽般地笑了几声：“够了！我不会再继续了，这只手电筒，也没有存在的必要了！”

她说着就要把手电筒砸了，其他人没料到她会突然这样，秦飞扬和郁晨都愣住了，周子书却跳着拍起手来。

乔也大惊，连忙弯下腰，从光阵下面穿了过去，眼疾手快地制止了她。

林思思反应慢了一步，手电筒已经被乔也夺了过去。

林思思被乔也撞得一个踉跄，稳住身体后满脸愤怒地瞪着他：“乔也，你一定要救这头死猪？”

乔也皱着眉摇头：“不，我要救所有人，我们必须活着出去！思思，你相信我，等出去了，我会还你公道，不管是别人的罪，还是我的罪。这行不行？！”

林思思这次竟然没有继续坚持，她的愤怒不过持续了两分钟，就慢慢地恢复了平静。她没有说话，也没有阻止，独自缩回了墙角，一言不发。

乔也总觉得事情没有这么简单，他为防生变，走回去对郁晨嘱咐了一声，让他帮忙盯着周子书和林思思，现在情绪波动最大的就属他们二人了。

乔也也不知道自己为什么会找郁晨，他只是觉得郁晨比较靠得住。秦飞扬要配合他去拿暗格里面的东西，至于舒婵，她一直都话很少，也一直都很神秘，除了木九千之外，没听到她提起其他的任何信息。何况她身体柔弱，就算出现什么变故，她恐怕也有心无力。

郁晨有些惊讶乔也会找他，他点头应下了，不过要是陆林志真的有什么危险，他可没打算救人，答应乔也，也只是答应他不让林思思和周子书捣乱罢了。

乔也再一次开启了手电筒，这次的光线变成了紫色。

从四面墙壁中找暗格，他们已经是轻车熟路了。乔也很快就找到了第九个暗格，同时嘱咐了秦飞扬一声：“一定要小心啊！”

秦飞扬点了点头，先从光线阵下面匍匐着爬了过去，随后沿着光线的缝隙慢慢站了起来，伸手探了探暗格里面的东西：“哟！有药品了，我就说，光有工具没有药，动手术，疼也能疼死他。”

说完，他迅速拿走了暗格中的药，然后趴了下去。

但是这次，他失算了！

4

光线并不像他说的那样，只会分布在中间和上方，何况这一个暗格本身就比较低，和其他八个暗格一相连，光线同样也照射到了中间以下的区域。

好在秦飞扬身手够好，反应够快，他迅速翻身，躲过了突如其来的光线，侧身躺在密室中间。看着刚才自己躺过的地方，秦飞扬心有余悸地拍了拍胸脯：“好险，好险！”

林思思非常适时地问了一句：“现在你还敢说地下就是安全的吗？”

秦飞扬不好意思地笑了笑：“抱歉，是我失算了。”

乔也担心地看了他一眼，有些犹豫地搓了搓手电筒：“秦医生，你还行吗？要不让我来吧？”

“不用，”秦飞扬果断拒绝了，“这个时候换人可不见得是好事儿，至少我已经习惯了，反应也是接近本能的，对这些光线即将射出的直觉也比你准。没事。乔警官，继续吧！”

乔也知道他说得不错，便再次打开了手电筒。

紫色光线开启的每个暗格位置都在中线以下，每一次增加的光线也都覆盖了中线以下的区域，秦飞扬本来还可以在地下来去自如，现在每一步都很困难了。

之前开启一个暗格最多需要几分钟的时间，但仅仅紫色光线的第二个暗格，秦飞扬就用了整整十分钟。

秦飞扬拿到第二个暗格里的东西，缩在角落里大喘了几口粗气。乔也看到他的衣角已经被灼烧了一块儿，拿着手电筒的手都有些颤抖了。

“行了，我来吧！”郁晨把自己的衣角打了结，“你要是死在阵里边，我们也得陪葬！”

郁晨的话虽然毒舌，但好赖也是关心。秦飞扬笑了笑，顺着墙角坐了下去：“好，一定要小心。”

好在接下来都是有惊无险，虽然比之前费力了许多，花费的时间也多了许多，但总算是成功地开启了剩下的三个暗格，郁晨也顺利地拿到了所有的手术工具和药品。

乔也在担心之余，也发现了一个问题。郁晨和秦飞扬的身手非常像，他们不只是兄弟，而且在同一个地方受过训练。这样的身手，绝对出自非常强大的组织。

在拿到郁晨递过来的最后一个工具之后，秦飞扬欣然一笑：“手术工具齐了！”

他话音刚落，密室中就响起了机关启动的声音，第一面墙壁自中间开裂，打开了一扇隐藏着的门。

众人循声看过去，门的另外一边是一个新的密室，密室中间放着一个设备非常专业的手术台。

随着第一面墙壁的隐藏门打开，门覆盖下的暗格射出的光线也消失了。但也只是消失了一部分光线而已，密室中还是布满了密密麻麻的红外线，想要进入那间放着手术台的密室，并不是件容易的事情。

乔也观察了一下剩余的红外线，不得不说，连他都有些发愁了：“这些红外线已经稍微稀疏了一些，只要找到最大空隙的几个连接点，过去不成问题，可是……”

他低头看着地上昏迷的陆林志，陷入了沉思。

林思思心情大好，率先走进了光线阵中：“早知道这样，我一开始就不拦着你们找暗格了。省省吧，乔警官，你想带着这头死猪穿越光阵，那是绝对不可能的！”

林思思毕竟是拆弹专家，身手非常好，又是个女孩子，身材比男人纤细得多。她很快就通过了光线阵，到达了另外一间密室。

周子书对舒婵扬了扬下巴："舒小姐，你也先过去吧，乔警官说得没错，这光线阵虽然看着密密麻麻的，但只要找准空隙也没那么难。"

舒婵虽然柔弱，但做事毫不含糊。她把头发绾了起来，裙角也打成了死结，对着周子书淡淡一笑，就走进了光线阵。

裙子始终是不太方便的，舒婵走到中间，裙子上就已经多了几个灼黑的破洞，好在人没什么事儿。她没有林思思那么好的身手，每走一步都要小心翼翼，但也只是多花了些时间，最终还是成功到达了另一间密室。

周子书踢了地上的陆林志一脚，笑眯眯地看向剩余三人："我说了啊，我跟这货有仇，他要是死在这儿呢，就太合我心意了！所以我也不跟各位在这儿装老好人了，先走了啊，拜拜！"

他说走就走，身为一个赫赫有名、经常穿梭于各企业大楼的神偷，光线阵对他而言小菜一碟。他几乎是哼着曲儿过去的，也许是陆林志没得救了这件事实在让他心情大好，就连这么危险的光线阵都能过得十分愉快。

周子书过去之后，仔仔细细打量了一下舒婵，似乎在确认她有没有受伤。舒婵对着他淡淡一笑，他才移开目光，心情颇佳地望着还没有过来的四个人。

剩下的，只有乔也、秦飞扬和郁晨了，哦，还有躺在地上一动不动的陆林志。

秦飞扬看了看乔也，又看了看郁晨，随后轻轻推了郁晨一把："你先过去吧。"

"我用不着你在这儿装好人，"郁晨后退了一步，抬步迈向光阵，"我当然会走，你和他死不死在这儿，跟我也没什么关系。"

秦飞扬低头苦笑了两声，郁晨已经进入了光线阵，他和秦飞扬一样身手不错，而且有了刚才的经验，过阵不会有什么困难。

剩下秦飞扬和乔也，两人面面相觑，都不知道拿陆林志怎么办。

对视了一会儿，秦飞扬率先转移了目光，有些为难地说：“说实话，乔警官，我也并没有那么想救他。”

乔也皱了皱眉：“你——”

“你别误会，乔警官，”秦飞扬摆了摆手，“我跟他倒没有什么深仇大恨，但现在这情况你也看见了，咱们俩都是有心无力，不是吗？就算他醒着，依他这身材、这身手，带过去都难，更别说他现在还昏迷着。救人一命胜造七级浮屠的道理我懂，但咱们也得量力而行吧？”

说到这儿，秦飞扬又叹了一口气：“我是医生，治病救人是天职。乔警官，我不是不想救他，我只是想活着。我还有一些事儿没做，我现在还不想死。”

他都这么说了，乔也也不好再反驳，毕竟他自己都没想出来救陆林志的办法，也不好把别人拖在这里。这里毕竟不是外面，他可以找警方求助，可以借助专业的工具助陆林志脱险。这里是密室，什么都没有的密室，他能想到的一切办法都无法实施。

“乔警官，咱们还是先过去吧。”秦飞扬指了指另外一间密室，“你看，那边有手术台，说不定还有其他可以用的东西，也许能在那里找到救他的办法。如果没有，乔警官，你又过意不去，大不了再回来。”

乔也被他这句话噎了一下，但话糙理不糙，乔也同意了他的方案：“好吧，先过去看看情况。”

秦飞扬先走了，乔也紧随其后走了过去。其他人已经在密室中喝水吃东西休息了，他们根本不担心陆林志是不是活着。

这间密室的中央是一个手术台，设备一应俱全，不过灯光之类的设备还没有开启。除此之外，密室里没有其他的东西了。

乔也对红外线之类的不太懂，只好请教秦飞扬："秦医生，有没有什么可以用的东西？"

秦飞扬四处看了看，又在手术台上翻了翻，他翻出一个袋子递给乔也："这个，防红外线的，类似医院常用的那种护目镜，材质是一样的。但光有这个也不行啊，还得有人过去给他套上再把他拖过来才行。"

乔也立刻接过袋子："我去。"

"等等，"秦飞扬拦住了他，"乔警官，咱们刚才怎么过来的你很清楚，即便是自己过来，也得翻来覆去的，跟做了一套广播体操没两样。你就算给他套上了，你能扛着他过来，还是拉着他过来？你能保证你在穿越光阵的时候手保持不动吗？"

乔也回想了一遍刚刚穿越光阵的过程，发现秦飞扬说得一点儿也没错，想要保持手一直不动，那是不可能的。

秦飞扬看他在思索了，这才放下拦他的手："我还是那句话，乔警官，量力而行！把自己的命搭进去就不划算了！"

乔也看了看远在光线阵那头的陆林志，为难地抓了一下手里的袋子。

"先休息休息吧，"林思思拿了一瓶水和一个面包递给他，"办法也得慢慢想啊，再说就你现在这体力，别救人救不成反而把自己给搭进去了。秦医生说得对，不划算！"

乔也接过水和面包，诧异地看着林思思："你不反对了？"

林思思轻笑："我也得反对得了啊，你乔大警官多正义光明啊，随便你呗，反正我是不会帮你救他的，死都不会！"

乔也意识到他现在不该提起这个问题，赶紧转了话题，笑着对她说了声"谢谢"。

经历了刚才的光阵，大家体力确实消耗了不少，尤其是秦飞扬和郁晨，现在指望他们去救人不太现实，乔也只能靠自己了。他吃了面包，喝了水，调整了一下自己的状态，又开始在密室中寻找其他可以用的工具。

周子书还是不忘打击他："乔警官，还不放弃啊？"

"放弃？"乔也看了他一眼，无奈地摇了摇头，"你们进来这么久了，发现其他机关了吗？"

其他人没有立刻明白他的意思，但舒婵一向敏感，立刻明白了，轻声道："手术台就是开启逃生通道的机关。"

这话一出，其他人也都明白了，再联想到前面几关的情况，众人不禁汗颜。周子书率先说出了心中的猜测："不会要给那头猪做手术，咱们才能开启逃生通道吧？"

秦飞扬看了看手术台，笑道："如果做手术就能开启通道，那患者不一定非得是陆林志。"

周子书闻言，咽了一口唾沫："神经病吧，谁没事儿让你做手术玩儿啊！"

乔也已经找到了可以使用的工具——一卷绷带。

他拆绷带了，又对折过来加强了韧性："所以啊！救他就等于在救自己，游戏规则没有改变。等会儿我过去，给陆林志套上防护袋，再将绷带系在他身上，你们快速地把他拉过来，在绷带被光线毁掉之前，应该能完成这一切。"

说完，他扫视了众人一圈："我知道你们都不想救他，但是为了咱们自己逃亡出点儿力吧，各位。"

这次，众人都没了异议，毕竟帮忙拉个绳子不是什么大事儿，至少不会对自己的生命造成威胁。如果真的动手术才能开启逃生通道，那他们还真的缺不了陆林志，毕竟谁也不想完好无损地躺在手术台上挨秦飞扬的手术刀。

得到大家的回应后，乔也将绷带揣进胸口，再一次进入了光阵。

他很顺利地穿过去给陆林志套好了防护袋，将绷带固定好，把另一头顺着缝隙扔了过来。但绷带不像人那么灵活，扔过来的过程中，就已经被光阵灼烧了几处。

“快拉！”乔也大喊一声，三个男人都赶紧拽着绷带拉了起来。绷带触及光线的次数很多，很快就断裂了一根，当陆林志离门口还有大概半米左右时，两根绷带全都断了！

乔也看着被灼烧得又脏又破的绷带，惋惜地叹了口气：“就差那么一点儿了。”

“这个好说！”林思思从工具箱里拿出榔头，对着乔也摇了摇，“用这个就行了，你先过来吧！”

乔也没想到她会帮忙，他调整了一下，再次穿过了光阵。

陆林志被拖过来的时候，脸色已经变得惨白了，毕竟那一箭还插在他腿上。周子书打他的时候也肯定要多狠有多狠，这种情况下耽误了这么久，还有一口气就不错了。

秦飞扬已经消毒了所有的手术工具，他拍了拍手术台，示意乔也：“抬上来吧。”

果不其然，他们刚把陆林志抬到手术台上，手术台就启动了，所有灯光、设备立刻进入运转模式，同时，密室中又露出了另外一扇门。

5

那扇门就在手术台正对着的方向，没有锁，也没有密码，但门上有着密密麻麻的刻痕。

除了秦飞扬和乔也，其他人都跑过去观察，不出十秒，周子书就喊了起来："这是那些手术工具的刻痕！"

他说得不错，门上的刻痕，对应着他们从暗格中得到的那些手术工具，而这些工具刚刚被秦飞扬消了毒，正打算用来做手术。

"原来是这样，"林思思冷笑了几声，"选择在这儿呢！"

郁晨观察了一下那些刻痕，又看向秦飞扬："这些手术工具就是打开这扇门的关键，安装上去，我们就能出去了。"

秦飞扬本来已经打算做手术了，听到这话，又停了下来，迟疑地望着手中的工具。

周子书知道，最迟疑的不是秦飞扬，而是乔也。他几步走到乔也面前，幸灾乐祸般地看了看手术台上的陆林志："乔警官，开暗格的时候你说救他是顺便，救他出光阵的时候你说是为了救我们自己。可是现在不一样了，救他就是丢了命啊！"

舒婵又道："现在的问题是，我们不知道这些工具做了手术后还能不能再用。总之，救人的话，我们就得冒险。"

"做手术后能不能再用不知道，但有一点可以肯定，"林思思用手摩挲了一下那些刻痕，"刻痕周围是小型的机关，一旦把工具安上去，绝对不可能再拿下来了，也就不可能再给这货做手术了。"

她好像是在劝大家慎重考虑，但乔也已经习惯她的套路了，所以这次也没多嘴。

果然，林思思说完，举着手道："我可不赞成救人啊，这是拿六个人的命赌一个人的命，多不划算啊！"

秦飞扬开始脱手套，看着乔也淡淡地一笑："我是医生，治病救人是天职，但这次我们得好好考虑了。乔警官，林思思说得不错，这是六对一的选择。"

"不，"乔也断然否定，"这不是六对一的选择。"

秦飞扬手套脱到一半，不解地看着他："乔警官，你这是什么意思？"

"你们想想，"乔也看了看秦飞扬，又看了看周子书，最后看向了林思思，"第一关，你们为了救我，拦住了准备离开的周子书，这算是几对几的选择？三对一？那如果最终你们都离开了，第二关会发生什么事？"

乔也说到这儿，顿了一下："其实这个问题我们之前就已经讨论过了，我们几个紧密相联，这一关死去的人，可能会对下一关产生非常重要的影响。另两关，我的指纹，舒婵记住的画；而这一关，只有秦医生会做手术。你们还觉得这是六对一的选择吗？"

秦飞扬作为主刀者，此刻保持中立态度了，他讪讪地笑了笑："你们商量吧，让我做我就做，让我不做我就不做。陆林志算一票，他肯定投做的，毕竟这是他自己的腿。"

他这个玩笑并没有减轻现场凝重的气氛，乔也的分析虽然清晰在理，但眼前的局势更加清晰，救人后这些手术工具就面临着用不了的可能，他们能不能出去就是个未知数了。

生死关头，谁都会先顾着眼前，长远的局势更适合在相安无事的情况下考虑。

周子书率先发表意见："我当然反对了，管他后边怎么着呢，反正现在我是不想救他的。"

周子书对陆林志的态度一直都没变过，所以他投反对票也在意料之中。

乔也打断了他的话："现在投票没有任何意义，陆林志在车祸故事里扮演的是幕后真凶，那在场的多多少少都跟他有些恩怨吧，你们当然不愿意救陆林志，我明白！"

林思思笑着问："那你说这些还有什么意义呢？"

"我是为大家考虑！"乔也的语气强硬了许多，"你们看不清长远的局势，但我看得清。自私一点儿说，我现在救人不是为了陆林志这一条命，而是为了大家，游戏规则你们还看不清楚吗？设置这个游戏的人到底想干什么？想让我们其中一个人死吗？很明显不是，他想把我们都杀死，要么一起活，要么一起死，你们还不明白吗？”

乔也很难得会这么近乎歇斯底里地说话，他虽然一直在劝人，但都是平和的，而现在，他是在吼，双眼发红地吼。

大家都知道，乔也不是发疯。他字字珠玑、句句在理，他知道大家都被仇恨蒙蔽了，他试图通过这种方式把大家骂醒。

不得不承认，这顿骂还是有点儿效果的。

长达五分钟的沉默和面面相觑后，郁晨率先举起了手：“好吧，我同意救人，就当为了咱们自己，也为了下一关顺利过关。”

“那我也救人。”秦飞扬很快表态。

郁晨却对秦飞扬的表态没什么好脸色，他冷眼转过了身，到墙角去坐下了。

林思思也转换得非常快：“既然你都这么坚持了，那我继续拦着也没意思，是吧？你要救就救吧，既然你说是为了我们所有人的命，那乔警官，希望你能为所有人的命负责！”

乔也微微愣了一下，他听得出林思思的言外之意，所有人并不是指这里的所有人，而是士兵故事中的所有人。

林思思说完就走到了一边，也没有等他回答，看起来，她也并不需要乔也做出什么回答。

周子书和舒婵对视了几秒钟，随后，周子书开了口：“不管你怎么说，我都不想救他，不过少数服从多数，我也打不过你们，我认了！有一说一，要是还有机会，我肯定会弄死他！”

舒婵没有说话，独自走到了角落里，也算默认了。

乔也看大家都冷静下来了，这才松了一口气，转头示意秦飞扬开始做手术。

秦飞扬再一次戴上了消毒手套，乔也帮他打下手。他虽然不懂手术，但帮忙递个工具还是可以的。

这个手术对秦飞扬来说并不难，他做过大大小小的手术有几百例了，人体哪个部位都折腾过，这么个小腿腿骨的手术只是小菜一碟。

他在做手术的时候，其他人心里也在各自打着鼓，至于打什么样的鼓，乔也心知肚明，他们都巴不得陆林志死在手术台上！

乔也只能庆幸秦飞扬对陆林志的恨意没有这么强烈，否则作为主刀医生的他，绝对可以轻而易举地让陆林志死在手术台上。

手术很快就成功了，秦飞扬给陆林志包扎好，关闭了手术台上晃眼的灯，对着乔也微微一笑："搞定了，只要不再受伤，他的腿一定能保住。"

周子书立刻跑了过来，他当然不是奔着陆林志来的，而是奔着那些手术工具来的。他一边嫌弃地骂了陆林志几句，一边将手术工具收起来，用盘子端着跑到了门前。

林思思、郁晨和舒婵也去帮忙将手术工具对应放进门的刻痕里，虽然手术工具很多，但四个人很快就安装好了所有的刻痕。

出乎所有人意料，安装好了手术工具，门却没有任何反应。过了一会儿，一把手术刀掉了下来，砸在地板上，发出咣当咣当的声音。

舒婵说过，刻痕周围是有小型机关的，如果手术工具有效，安上去后应该会被小型机关固定，无法再取下来。

而现在，手术工具失效了，固定机关也没有反应，打开门的机关更没有启动的迹象。

这咣当咣当的声音，就像是催命符，一下又一下地砸在每个人的心口上，砸得生疼！

再一次长达五分钟的沉默后，周子书第一个发飙了。

他怒吼着向手术台上的陆林志冲了过去，一副要立刻掐死他的模样。在被乔也和秦飞扬拦住后，他又狠狠甩开了秦飞扬的手，抓着乔也的领子怒骂：“你满意了？现在你满意了？这就是你说的为了大家的命？这就是你说的不是六对一的选择？乔大警官，我们六个人的命，你准备怎么赔啊你？”

乔也任他抓着衣领，本来想安抚他冷静下来，转头触及郁晨等人的目光，竟然都是一副临近崩溃想要杀人的神色。乔也来不及细想，立刻扭住了周子书的胳膊，大呼道：“大家冷静一点儿！”

“冷静？”这次连舒婵都忍不住开口了，“冷静地在这里慢慢死去吗？”

她说话的声音依旧很轻，语气却冷冰冰的，充满了嘲讽的味道。她没有等乔也再开口便继续道：“乔警官，我是心理医生，我比你更清楚大家现在的状态，你觉得大家有错吗？还是你觉得，造成这一切，你自己没有错？”

周子书被控制着，但还是在破口大骂，他挣扎得乔也都快控制不住他了。

“舒老师，你知道我不是这个意思，”乔也无奈地闭了闭眼，又强打起精神睁开了眼睛，“这里不一定没有其他出口，而且你们就算现在杀了陆林志也无济于事，何必要背上这么一条人命呢？”

“不不不，”林思思摇摇头，“乔也，你错了，如果现在有人想要杀死陆林志，那一定不是为了泄愤，而是为了报仇。”

乔也晃了一下神，周子书趁着他晃神的空当挣开了，又开始附和林思思：“就是，活都活不了了，泄愤也没意思啊！”

乔也皱起眉头看着他：“你刚才的样子可不像报仇。”

“是，”周子书说认就认，一点儿也没有心虚的意思，“我是泄愤又怎么了，我找他泄愤又没找您乔大警官泄愤，你跟着生什么气？他的命就是命，我们的命就不是命了？”

乔也无意再跟他争辩，刚刚冷冰冰发言的舒婵这时也好像冷静了一些。她走过来拍拍周子书的胳膊，又看着林思思道：“林小姐刚才说得不错，这种情况下，还是报仇来得有意义。”

她说完，就转向了秦飞扬：“我再问一次，你和郁晨，谁认识木九千？或者说，谁设计了木九千？”

郁晨再听到这个名字，已经没有之前那么奇怪了。他已经猜到了木九千跟自己的双胞胎兄弟有什么关系，只是他们两人的身份扑朔迷离，舒婵不确定是谁也很正常。

果然，秦飞扬露出了为难的神色，纠结了一会儿，反问舒婵：“你和木九千是什么关系？”

“他是我的病人，”舒婵回答，“你们知道，我是心理医生，他曾经来找过我，而且状态非常不好，我给他做了催眠——当然，是在他签字同意后进行的。他说有人会杀死他，并且描述了一个人的长相，那个人就是你们的样子。”

秦飞扬有点儿震惊，他怎么也没想到木九千和舒婵只是医患关系。他想怎么也应该是亲戚，或者朋友，毕竟应该不会有人为了自己的一个病人而参加这种变态的游戏吧？

至少有一点他能确定，舒婵不是恐怖爱好者，也不是密室爱好者。

6

“仅仅如此吗？”秦飞扬难以置信，“你在为你的病人讨公道？”

“你当然不会相信，”舒婵轻声道，“我也只是说了一半而已，在场的谁没有秘密呢？如今看来，他提及的那个会杀死他的人，就是秦医生你吧？”

秦飞扬没有说话，郁晨却轻轻笑了一声。

舒婵转头问他：“你笑什么？”

郁晨反问：“你分得清我和他吗？”

舒婵诚实回答：“分不清。”

“那你怎么能通过几句询问就确定谁才是被木九千提及的人呢？”郁晨笑着摇摇头，“也许我们会撒谎，也许我们会演戏。有时候，连我自己都分不清我们到底谁是谁了。”

“没关系，”舒婵毫不在意，“我是想找个真相，实在找不到也无所谓。至少有一点我能确认，他的死和你们两个人都脱不了干系，一个设计者，一个受益者，你们谁也逃不了。”

郁晨又自嘲地笑了笑：“都到这儿来了，逃什么呢？”

舒婵不再说话了，她的心中已经有了答案，也有了接下来的打算，再说下去也没有什么意义。她转身走向角落的时候，云淡风轻地看了一眼周子书，周子书的脸色很是凝重。

舒婵开了一个好头，七个人的秘密和恩怨，只需要一个人先捅破这层纸而已。林思思笑着看向乔也：“乔警官，都这个时候了，你没有什么想问的吗？”

乔也想问的事情已经不是什么秘密了，在那间飘着冷空气的密室，他就已经说出来了。他的未婚妻齐瑶，跟当年出狱的车祸肇事逃逸案的凶手有着密切联系。

反正大家都问了，乔也也就问了。他的目标很明显，直截了当地看向郁晨：“齐瑶到底在哪儿？”

“我就知道你会问这个问题，”郁晨摇了摇头，“如果我告诉你，我不知道呢？”

“撒谎！”乔也非常肯定地下结论，“我第一次提到这个名字的时候，你的反应并不是茫然，而是奇怪、震惊，随后就是了然又无奈的笑。我那时候情绪是不稳定，但我还是在观察你的，我相信自己的观察不会出错。郁晨，你知道她在哪儿，是吗？”

郁晨在他的逼问之下，丝毫不显慌张，沉默了半分钟左右，郁晨无奈地抬起头：“乔警官，我刚才都说出那样的话了，你觉得逼问我还有意义吗？你是想继续听我撒谎呢，还是看我演戏呢？”

齐瑶果然是乔也的逆鳞，郁晨的话还没说完，乔也就冲过去抓住了他的衣领，几乎是咬牙切齿地威胁：“为什么？她被你怎么了？还是你们之间有什么交易？郁晨，在这儿也好，出去也好，乖乖告诉我，是你最好的选择！”

“是吗？”郁晨向后仰了仰头，松了松自己的衣领，“我可不这么觉得，在出去之前，我说出任何一个秘密，都可能没命吧？毕竟这些秘密都是筹码啊！乔警官，别的不说，你是一个好警察，这点我绝对相信！你既然都这么说了，那我们做个交易吧，在我说出这个秘密之前，你会保我的命，是吗？”

乔也气得想打人：“你说出来我也会保你的命，我是警察，不会在这儿杀人！”

“不不不，那不一样，”郁晨摇了摇头，“你是不会杀我，但别人会，你最多能保证不参与，但你不会那么尽心尽力地保护我。虽然这么说挺不要脸的，乔警官，这么着吧，只要你带我出了这个该死的密室，我就把齐瑶的秘密告诉你，怎么样？”

乔也一听，抓着郁晨衣领的手立刻松了大半，只要获得齐瑶的线索，为此付出任何代价都在所不惜。以他的身手和威望，保下郁晨的命不算难事，他还不信这密室会困他们一辈子！

乔也一边思考，一边慢慢地松开了手，咬牙说出一个“好”字。

身后，周子书哈哈大笑起来。非常不合时宜的笑，而且是那种捧着肚子直不起腰来的笑。本来没人想搭理他，但他实在笑得太奇怪了。所有人都慢慢转过头去，疑惑地看着他。

周子书好不容易直起了腰来，又擦了擦笑出来的眼泪：“你们……你们真是太好笑了，承诺都做了，不过有个屁用啊！那些手术工具用不了，大哥大姐们，咱们会被困死在这儿！你们的承诺是准备留到下辈子吗？”

提及此，众人被转移了的怨恨再次填满胸腔，不约而同地看向了还在手术台上睡得颇为安详的陆林志。

“都别冲动，”乔也及时压制了大家的怒火，“咱们再找找还有没有其他机关。前面几关救了人，我们不是都找到办法逃生了吗？一定还会有办法的！”

虽然大家都不大愿意再相信他的话，但现在发泄怨恨的确没有实际意义，毕竟大家的目的还是逃出这个密室。

所以，他们还是各怀心思地去找线索了。

很可惜，除了通往光阵密室的门以及那扇已经失效的手术工具刻痕的门，他们再没有找到其他的通道或者机关。大概二十分钟后，所有人都颓丧地坐在了地上，连话都懒得说了。

秦飞扬走了过来，对乔也摇了摇头：“恐怕那扇门真的是唯一的出口了，或者我们原路返回？不过这也没什么意义吧。”

“当然没意义，别的不说，第一关的密室早就被水填满了，也没有其他出口，在这里面兜圈子也没任何意义。”乔也看了看四周，看了看心如死水的众人，心里突然生出一股愧疚之情。

他们闹的时候，乔也还能想着怎么去制止，怎么去安抚，可他们在找遍密室却求生无门后露出了等死的表情，这让乔也的心理防线一下子崩了。难道，他真的因为自己的决定害死这些人了吗?

他甚至在想，这是不是也是游戏设置者的目的，摧毁他作为一个警察的信念，让他亲眼看着自己想守护的生命，一个一个被自己葬送?

秦飞扬见他不说话，起身走到了手术台旁边，看了看陆林志的情况。

这时，陆林志醒了过来，呻吟着喊了几声疼之后，问出了昏迷之人醒来的标准问句："这是哪儿?"

他不醒还好，这一醒，大家的气一下子就来了。周子书跳着冲了过来，对着他的脸就是一拳："他妈的，这是手术台，密室里的手术台，为了救你这条狗命，老子们都要给你陪葬了!"

陆林志捂着脸叫了几声，在听到"陪葬"两个字后，蓦然瞪大了双眼，这两个字意味着什么，他很清楚!

他怀疑地看向秦飞扬，见秦飞扬也轻轻点了点头后，他刚刚支起来的小半边身体立刻就垮了下去。陆林志这样的人，是不会对别人产生感激的。他不会感激这些人放弃逃生救了他，他只会害怕，害怕自己也会死在这里。

乔也再一次拦住了周子书，但这次他也劝得有些无力了，他不再像之前那样义正词严，只是摇摇头道:"行了，没意义了。"

周子书愣了愣，似乎在惊讶他的态度。仅仅是片刻，他又瞪了瞪陆林志，冷哼一声，转身走到一边儿去了。

秦飞扬摇了摇头，靠着手术台坐了下来。

他这一坐，就发现不对劲儿了。

他们进来的时候，手术台是固定住的，包括这些设备，也是固定在密室中间圆台上面的，所以他们没得选择，只能在这里做手术，因此丧失了逃命的机会。

但是他这一靠，发现手术台有些轻微晃动。

秦飞扬立刻跳了起来，转身掀开了手术台上铺着的消毒布。看到里面的结构，他惊喜地大叫了一声："这里可能有出口！"

众人一听，立刻前呼后拥地冲了过来。

秦飞扬激动地解释着："你们别看这结构很复杂，但手术台下面的结构不应该是这样的，这里肯定有机关，大家好好找找。"

几人分组将各个地方找了一圈儿，然而还是没找到什么有用的线索，直到舒婵突然提到之前用过的手电筒，她难得大声地开口问："手电筒还在吗？"

乔也赶紧拿出了手电筒："大家闪开。"

他们知道那光线的可怕，纷纷向四面散开。乔也这才打开手电筒，照着手术台下面一寸寸地扫了过去。

果然，在秦飞扬说结构复杂的那个地方，一处机关应光而动。短暂的机关启动声后，手术台下打开了一条逃生通道。

如果陆林志没有受伤，陆林志肯定是最先跑出去的那个人，现在这个角色被周子书代替了，他飞速地跑到了通道口，突然又想起什么，笑着伸手道："来，女士优先。"

他身上当然是没有什么绅士风度的，这句"女士优先"更像是一句调侃。但这不是客气话，他真的站住了，那意思是让舒婵和林思思先走。

林思思没有要动的意思，舒婵也对乔也道："乔警官，你带着陆林志先走吧。"

乔也看得出，周子书此意是在舒婵，但舒婵此意就很复杂了。舒婵的心思比周子书敏感得多，周子书单纯地想着逃亡，但舒婵一定考虑到上一关先跑的陆林志发生了什么。

最先逃跑的人，不一定有好结果！

乔也的身手比陆林志好，也不担心有什么机关，况且他也绝对不会像陆林志这么冒失，所以他干脆将计就计，扶起陆林志就准备离开。

谁知他刚刚扶着陆林志走到通道口，林思思一下子冲了过来，在他耳边厉声道：“别动！”

其他人纷纷惊呼，乔也也用余光看到了，林思思的手上，拿着一枚炸弹！

7

乔也本来还有很多没思考明白的问题，林思思这一动，他突然什么都明白了。

陆林志刚刚下了手术台，连叫的力气都没有了，这也好，免得他大吵大闹刺激了林思思。

乔也非常平淡地开口：“怪不得你愿意帮我救秦飞扬和郁晨，怪不得你会轻易地同意给陆林志动手术，原来你早就有后手了。”

“也不算早吧，”林思思看了看自己手上的微型炸弹，“按你之前的话说，这算替我量身打造的一环？那枚炸弹，只能我去拆，除了拆弹的人没人会知道，那里面还有一枚隐藏的微型炸弹。”

乔也没有反驳，但心里很清楚，知道这件事的还有设置这个游戏的人。他的目的是什么，让林思思杀人吗？

乔也问：“你准备杀了我们？”

林思思反问：“我不该杀了你们吗？”

乔也问：“因为士兵故事？说实话，我几乎想明白了在场所有人跟那个故事的关系，除了你，林思思。”

林思思丝毫不觉得这是值得得意的事情，反而觉得嘲讽。她苦笑了几声：“是！你当然想不明白，因为我和他的关系，是保密的。”

乔也想来想去，能和一个拆弹专家有关系并且需要保密的人，就只有一个人了。他试探着问：“方井？”

乔也不得不承认，他说这个名字的时候比较心虚。尽管他不是故意的，但他不能不承认，是他接手了当年那桩案子后，方井才消失的。

方井就是故事中的小士兵，而乔也，就是另外一个阴差阳错破坏了他的计划的小士兵。

乔也这次来参加游戏，第一个目的是寻找齐瑶，第二个目的，就是寻找方井。

大家从士兵故事中能想到，方井大概是死了。

果然，乔也刚刚提起这个名字，林思思就爆发了，她冲着乔也怒吼：“乔也，你还好意思提他！”

事到如今，乔也也没有必要再制止事态发展了。他很清楚，要想彻底解决这件事情，他就必须先将事情的原委弄清楚。

于是他继续问：“你是他的女朋友？”

“不，是未婚妻，”林思思说到这儿的时候，声音已经有些哽咽了，“就像你和齐瑶一样，我们就快要结婚了！乔也，你可真厉害啊，你以为警局里除了你之外，大家都是傻子？你以为就你看得出那桩案子有疑点？你以为就你那么正义善良，像光一样？你以为众人皆醉你独醒，众人皆浊你独清吗？你到底是单纯呢还是傻呢？”

乔也直到现在还不知道方井的事情究竟是怎么回事，但通过士兵故事，还有林思思的抱怨，他再什么都不知道，那就是真傻了。

乔也几乎是颤抖着问：“那是警局故意安排的？方井……他是一个卧底？”

林思思爆发了一阵子，看到乔也想明白了，她却又苦笑起来：“你现在倒是想明白了，真是讽刺！”

“我……”乔也自知理亏，当年的事情，的确是他一腔热血，的确是他考虑不周到，尽管无心，但的的确确是他导致了这一切。

想来方井的事情一直没有在警局公开，也是因为卧底计划还在继续。那么即便是死去的人，也要被迫继续在这个计划中煎熬。这一切，乔也难辞其咎！

“所以，”林思思的声音又恢复了最初的冷淡，“我不该杀了你们吗？”

一个幕后真凶，一个阴差阳错破坏计划的人，从报仇角度来说，的确该杀。

但乔也不可能只从报仇角度考虑问题，他摇了摇头：“你问我？思思，你知道我是警察，方井也是警察，我们都不会告诉你该杀！我承认，陆林志该死，我也该死，但这一切都应该交给法律制裁，不是吗？你说炸弹那一环是为你设计的，那么这个人的目的是什么，你真的要背上两条人命吗？”

林思思非常清楚方井会怎么回答这个问题，所以她有了些许的动容。或许是憋得太久了，在听到乔也的这些话时，她突然哭出了声，一边哭一边说：“你知不知道我等他等了多久，你知不知道我们就快要结婚了……”

乔也知道，并且感同身受。

毕竟，他到现在还不知道自己的未婚妻在哪儿。

“我知道……”乔也长长地叹了一口气，“正因为如此，我更不能让你再背上两条人命了，思思。我知道我们在密室中待得太久了，久到我们都差点儿以为这里是另外一个世界，可以肆意报仇、杀人。但不是这样的，这还是那个法制世界，我们也一定会出去的。你相信我，不管是陆林志，还是我，该承担的罪孽，我们一定会承担！”

陆林志迷迷糊糊的，眼看又要陷入昏迷了。他应该感谢自己的状态，如果他清醒地听到这一切，恐怕早就三言两语激怒林思思，当场丧命了。

林思思冷哼了一声：“你当然想出去了，你还要从郁晨嘴里找出齐瑶的消息。我不一样，曾经的拆弹专家、PTSD患者，你觉得我这样的人，还会在乎活不活着吗？”

乔也皱了皱眉，声音提高了几度，语气也变得强硬了许多：“就算你死，你也不能背上这两条人命。要不然，方井还能瞑目吗？”

林思思愣了一下，拿着炸弹的手也慢慢地松了下来。

乔也趁机拉着陆林志躲过了，他没有去抢林思思的炸弹，他知道这样更容易刺激到林思思，现在最重要的是安抚她，让她冷静下来。

舒婵也在这时候走了过来，她轻轻拉了拉林思思，道：“思思，我们先走吧。”

林思思竟然真的跟着她走了，她们两个钻进通道，消失不见了。

剩下的人都松了一口气，包括秦飞扬、郁晨，只有周子书还算淡定，那是因为他清楚，他在故事里扮演的角色和林思思是一个阵营的，林思思想杀谁，都不会想杀他。

“走吧。”乔也对着大家点了点头，先把陆林志扶了下去，其他人也纷纷走下了通道。

第六章 迷失丛林

1

这条逃生通道是他们进入密室以来遇到的最长的一个通道，大概有半公里长，而且还七拐八绕的。如果告诉他们这通道也是一间密室，他们绝对不会怀疑。

在经过狭长且复杂的通道后，他们来到了另外一间密室。

与其说这是密室，不如说这是一片森林。刚到这儿的时候，他们还以为自己已经通关了，毕竟这里没有了室内那些奇奇怪怪的机关装置，而是花草树木、山石什么的。

“这……”舒婵刚走出来的时候，也惊讶了一下，但她一向心思细腻敏感，不过半分钟，她就发现不对劲儿了，“这也是一间密室？”

“恐怕是的，”林思思点了点头，“超大型密室。”

说话间，乔也带着陆林志出来了。陆林志稍微清醒了一些，一见到景色，立刻高兴地大叫起来：“通关了？这是通关了？”

乔也望了望四周，将他放在一边坐着，站起来观察了一下。他也很快就发现不对劲儿了：“没有通关，我们还在密室里。”

他说着，扒拉开了旁边的一丛草，草里露出了一扇隐藏的门。这门就在他们出来的通道旁边，门身是斜着的，就像建立在一座山包上。这就说明，下一间密室是在他们现在所在位置的地平线下。

其他人纷纷走了出来，他们和乔也的反应差不多，开始以为自己通关了，在经过仔细观察后，都慢慢发现了问题，这还是一间密室。

秦飞扬观察了一下四周的情况，脸色不大好看："这个密室，恐怕比之前的都难。你们看，这些树的排列，都是暗含了奇门遁甲的。如果没有地图，普通人恐怕很难走出去。"

其他人虽然不太懂奇门遁甲，但也看得出来这森林中的路非常复杂，纵横交错，要说一个没有地图的普通人会在里面迷路，那真是一点儿也不奇怪。

舒婵疑惑地看向他，语气有些怪怪的："奇门遁甲你也懂，秦医生，你涉猎真广啊。"

秦飞扬已经无意多做解释了，只是敷衍地笑了笑，又看向乔也扒拉出来的那扇门，道："门上面有东西！"

乔也也看到了，他走过去将附近的草都拔了，那扇门才完完全全地露了出来。门上面有七把锁，锁上刻着他们七个人的名字，每把锁下面压着一个信封。

乔也将那些信封全都拽了下来，按照名字分别发给大家："先打开看看吧，至少也是给我们的线索。"

乔也一边说，一边打开了自己的信封，没什么特别的，里面是一张地图。看样子，就是这片森林的地图。

其他人也纷纷拿出了地图，秦飞扬笑着打开："准备还挺齐全，难道是让我们拿着这张地图走出去，然后通关？"

"没那么简单，"舒婵将手中的地图翻了过来，提醒大家，"看背面。"

“背面？”周子书率先把地图翻了过来，一看到背面的东西，立刻惊呼一声，“找钥匙？”

地图背面是一封信，或者说是一个任务函，任务上告诉他们需分别到达目的地，而目的地已经在他们的地图中圈出来了。每个人拿到的地图虽然是一样的，但每个人的目的地是不同的。

七个人需要分别到达各自的目的地，去寻找打开这扇门的钥匙，时限为五个小时。否则五个小时之后，钥匙失效，他们便会被困死在这里。

他们绝对不敢抱着能从森林逃出去的侥幸，毕竟神秘人心机深沉，森林里恐怕也有着他们意想不到的陷阱。如果贸然行动，很可能交待在这里。

乔也扬了扬手中的地图：“你们看，这一关如果没有陆林志，我们还是出不去，这些目的地都算不上近，我们绝对没有办法一个人同时取两把钥匙的。”

周子书没好气地白了坐在地上的陆林志一眼：“他这个样子就行了？警察叔叔，您是不是带了轮椅啊？”

乔也摇了摇头：“轮椅我没有，不过我们还有工具。”

林思思当然明白他的意思，她从工具箱里拿出了折叠梯，展开到成人腰际的高度后，扔在了陆林志旁边。

陆林志刚才虽然迷迷糊糊的，但林思思说的话，他也听到了很多。他现在一看到林思思就害怕，密室不比外面，他也没办法去找那么多的人来保护自己——就算曾经保护过自己的人，在密室里也是绝对使唤不动的。

乔也蹲了下来，看了一眼陆林志的地图。不知道是不是神秘人太贴心，陆林志的目的地并不算远，至少以他现在的状况，靠着工具支撑绝对能到达。

“你的目的地不远，”乔也拍拍陆林志的肩膀，“这是在救大家的命，也是在救你自己的命。”

陆林志低头看了看自己的地图，手也跟着颤抖了几下。他现在不知道多后悔来参加这个游戏，想做的事儿没做成，反而把自己搞成了这副德行！现在刚下手术台就要奔波着去找钥匙，还是单独去。这次要是再遇到要杀他的人，跑都跑不掉！

乔也将剩下的食物和水给大家分了："大家稍作休息，吃点东西，十分钟之后出发！还有一点我得提醒大家，不管有没有找到钥匙，五个小时之内，必须回到出发点集合，不要轻易单独行动。我们没有通信工具，没有人能随时联络到另外一个人，大家各自小心！"

秦飞扬和郁晨看起来都没什么压力，事到如今，大家已看出来，秦飞扬和郁晨接受过特殊训练，至少野外生存这样的项目，他们已经很熟悉了。

周子书看起来有些担心，但他不是在担心自己，而是在担心舒婵。他喝了一半水，将另外一半递给了舒婵，虽然嘴上的话并不算很好听："水给你，别死在半路上连累老子出不去！"

舒婵面无表情地接了过来，轻声道："谢谢。"

其实他们俩的关系大家都心知肚明了，但他们既然要继续演戏，其他人也不好拆穿。

林思思没什么特别的反应，她坐在一边面无表情地啃着面包，喝着水。等把手里的东西都吃完后，她拍拍屁股站起来道："我先走了，各位随意。"

她真是将"独自行动"展现得淋漓尽致，甚至也不担心其他人到底会不会走。

乔也对她始终怀着一份心虚与愧疚，所以也没再多话，反正对于一个曾经的拆弹专家而言，这种任务应该不算多难，至少她还有自保能力。

乔也拧上自己的水，也站了起来："出发吧。"

2

陆林志颤抖着站了起来，将两条胳膊搭在折叠梯上。还好这折叠梯是比较轻巧的，要不他还真的没法行动了。

他的目的地虽然不是很远，但腿上有伤，又得借助工具走路，所以还是花了很长时间。在快接近目的地的时候，陆林志感觉自己都快要晕过去了。

腿上麻药的效用已经过了，撕心裂肺的疼痛从小腿传遍了四肢百骸。他额头上渗着冷汗，眼前一片模糊，支撑着折叠梯的两条胳膊也在止不住地颤抖。

“妈的！”陆林志伸出一只手擦了擦额头上的汗，又坐在旁边的一棵树下，准备休息休息。他撸起裤管检查了一下伤口，伤口因为剧烈运动已经渗出了血，要不是秦飞扬的技术过硬，恐怕现在都要血崩了。

陆林志不敢再看，怕越看越没有动力走下去，毕竟比起这条腿，还是命更重要一些。

他又伸手擦了擦额头上的汗，感觉汗和泥都糊了一脸，越来越看不清了。他猛地甩了甩头，将衣袖翻起来擦了擦眼睛，看清楚一些后，才继续行动。

他扶着折叠梯站了起来，没注意到前面是一个小土包，折叠梯一歪，连工具带人一块儿栽了下去。

“哎哟——”陆林志惨叫一声，下意识地将受伤的腿翘得老高，他这一着儿还是有点儿用，至少没让伤腿磕着碰着，伤口也没有继续恶化。

在确认自己的腿没有什么大事后，他再一次爬了起来，脸上带着阴狠狠地恨意：“妈的，等老子出去，一定让设置这游戏的龟孙子偿命！”

他知道自己时间不多，发过两句牢骚，就继续一瘸一拐地朝着目的地走去。

好在他的目的地不算太远，这么瘸着拐着，也在四十分钟后到达了地图上所标记的地方。他远远便看到，那里有一座茅屋。

“什么破地方！”陆林志朝着茅屋走了过去，茅屋非常矮，门就更矮了，得猫着腰才能进去，宽度也仅容一个人通过。

陆林志只好把折叠梯放在外面，扶着门框走了进去。

茅屋不大，最多不过二十五平方米，里面有灯，是油灯，非常昏暗的光线，但也足够他看清楚里面的东西。

茅屋内部的设置，跟他在公司的办公室一模一样！

一样的办公桌，一样的书柜，一样的盆栽，甚至办公桌上的装饰品都是一模一样的。

陆林志一阵恍惚，还以为自己真的回到了公司，如果不是那盏显得格格不入的昏暗的油灯，他几乎就要沉溺其中了。

他扶着桌子，单脚跳着转到了办公桌的后面，这一切都是他非常熟悉的，桌子、椅子、靠垫……突然，他的目光移到了办公桌上的一个信封上。这信封跟他们在出发点获得的信封一模一样，很明显，也是特意安排的。

陆林志坐在椅子上，打开了信封。信封里面只有一张纸条，纸条上标着一个箭头，箭头指的方向是一个保险柜。

保险柜的位置也跟他办公室中的保险柜位置一模一样。陆林志非常清楚自己的保险柜里会放一些什么东西——就是那些见不得人的、机密的文件。

如果这里面也是那些东西，那就说明他认为自己藏得好好的东西，实际上早就流出去了！

想到这儿，陆林志的冷汗又冒了出来，比他因为腿疼而冒出来的冷汗更多更甚，因为这是关乎性命的大事！

陆林志双手撑着桌子，慢慢地站了起来。他恐惧地看着那个保险柜，连向前迈一步的勇气都没有了，但桌子上纸条的箭头却一直指向保险箱，简直就是在逼着他去打开一样。

“妈的！”陆林志又骂了两声，“横竖都是死，老子还不信了！”

他骂这两句，只是单纯地给自己壮壮胆，骂完之后，他就撑着椅子往保险柜的方向移动了。

虽说他装出一副豁出去了的架势，但越靠近保险柜，他的心就跳得越快，恐惧感也越来越烈。

“不对！”陆林志突然想到了一个很重要的问题，如果神秘人的最终目的真的是让他伏法，为什么不把这些文件直接交给警局或者他的仇人，而是选择以这样的方式呈现在他面前呢？

就为了让他在接受审判之前恐惧一下吗？这似乎太没有意义了。

陆林志知道自己来这儿的目的是什么，虽然还没有完成自己就先伤了腿，但他毕竟还是奔着目的来的。如果神秘人真的这么了解他，会不知道他的目的吗？

如果文件真的出现在这里，也许是在给他机会呢？

想到这儿，陆林志的恐惧稍稍轻了一些，他猫下腰，输入了自己保险柜的密码。

果不其然，连密码都是一模一样的。他成功打开了保险柜，将里面的文件一股脑儿抱出来，都摆在了办公桌上。

还真叫他猜对了，保险柜里果然放着他公司里那些见不得人的机密文件，不同的是，这些机密文件只有一半，剩下的一半，不知所终。

贩毒的、贿赂的、逃税的……所有的文件都只留下了一半。

陆林志心中有种不好的预感，他将所有的文件都扒拉开来仔细找了找。果然，又在满桌的文件中找到了一封信。

信是专门写给他的，也向他解释了剩下的文件在哪儿：

嗨，陆老板！

如果你已经看到这封信，那么恭喜，你已经成功入局了。

你已经看到了吧，这些文件我给你留下了一半，当然，我的手中也不只有另一半，还有全部文件的备份。相信你也知道，进入这个游戏的各位都是有恩怨的，那我们不妨把这份恩怨加深些，怎么样？

剩下的文件，我会在三天后寄给林思思和周子书，这是对你威胁最大的两个人吧？你说，如果他们拿到了这份文件，会做出什么样的事情？你会面临什么样的后果？就不用我多说了吧！

当然，这是三天后的事情，你有机会解决这一切，祝你好运！

信的内容到这里戛然而止！

陆林志的冷汗再一次冒了出来，将文件寄给林思思和周子书！一个被他害死了未婚夫，一个被他害死了父亲，还不如将文件寄给乔也！

如果寄给林思思与周子书，两人一定会联起手来，挖出陆氏集团所有的内幕，把他能整多惨就整多惨，他们是绝对不会满足于让自己直接坐牢的！

他绝对不能让这一切发生！

信上说得对，他完全有机会阻止这一切的发生，毕竟他们现在还在密室里面，至少在这个游戏里面，可以神不知鬼不觉地杀人。

只要杀死林思思和周子书，如果可以的话，把那个碍事的警察也杀了，他就彻底安全了！

那封信中，还有一把钥匙，就是打开他那把锁的钥匙。

但是对陆林志而言，钥匙现在已经不是救命符了，反而是催命符。

他知道自己的目的地是最近的，如果他能第一个回到出发地，埋伏起来，等其他人回来的时候出手，或许他还能干掉所有的人，到时候拿着他们的钥匙逃出密室，他的威胁就再也没有了！

想到这儿，陆林志一刻也没有停歇，拿着钥匙就钻出了茅屋，顾不上还在剧痛的腿，撑着折叠梯就往回走。

他的想法看起来天衣无缝，的确，只要埋伏起来，趁别人不注意的时候出手，他确实有机会干掉所有人。

但其他人又何尝不是这么想的呢？

陆林志死都没有想到，会有人先比他返回到出发地。他设计好的一切都成功实施了，只不过角色转换了，他是被控制的那个人。

林思思！

陆林志到达出发地的时候，林思思已经在集合地等着了。要知道，林思思的微型炸弹还没有用，陆林志不管想用什么工具偷袭，都比不上这一枚炸弹的威力。

林思思几乎是笑着迎接他的到来的。

她手里拿着那枚炸弹，轻轻摇了摇，对陆林志道："过来，坐下！"

陆林志只能按照她说的做，不敢轻举妄动。

"我知道你想杀我，"林思思在旁边坐了下来，颇为悠闲地喝了一口水，"毕竟在上一个密室我就想杀你了，你那时候是装的吧？"

林思思低头看了看他的腿："也没那么严重嘛，大老板果然是大老板，处事不惊啊，戏也挺好的！"

陆林志问："那你为什么没有动手？"

"如乔也所言，"林思思用下巴指了指身后的门，"这一关用得着你，我想什么时候杀就什么时候杀，反正炸弹在我手上。你别看这是枚微型炸弹，威力可不小，炸死咱们七个人绰绰有余了。"

陆林志有些惊讶："包括你自己？"

"我早就说了，能不能活着我早就不在乎了，"林思思对着他伸出了手，"钥匙给我吧，就算死，你也别这么早就找死。"

陆林志受制于人，只好乖乖交出钥匙，问："你现在不杀我？"

林思思冷哼了一声："你想杀的人不止我一个，我想杀的也不止你一个。我就这么一枚炸弹，得省着点儿用。"

陆林志不再说话了，他不得不承认，林思思非常聪明，而且还是个疯子——你想战胜一个不把生死当回事的人，那是几乎不可能的。

林思思仍然心情颇佳地跟他说着话："你猜下一个回来的人会是谁？乔也，还是周子书？"

陆林志问："为什么不是秦飞扬和郁晨？在野外项目上，他们两个比乔也更有经验。"

"他们两个？"林思思看向了远处，过了一会儿，又轻轻挑起了嘴角，"他们兄弟俩自己的事情还没解决呢！"

3

秦飞扬的目的地是最远的，尽管他有经验，体力好，行动也非常快，到达目的地时，时间也已经过去一个小时四十多分钟了，再算上返回出发地的时间，留给他找钥匙的时间已经很少了。

他的目的地是一片树丛中搭建的树屋。这树屋他不陌生，小时候，他曾经住过这样的树屋。荒郊野外，鬼哭狼嚎，他和弟弟只能窝在这树屋里，靠一堆火来驱赶野兽。

狼嚎的声音此起彼伏，两个人紧紧地抱在一起，彼此依偎，驱散了心中的恐惧。

从看到树屋的第一眼，秦飞扬的脑海中就快速地闪过了很多画面，每一个画面都少不了他的双胞胎弟弟——郁晨。

他眉头紧皱，双拳紧握，脚欲动不动，好像怎样都无法迈出这一步似的。

树屋里面是什么？回忆？还是郁晨对他的怨念和责怪？

秦飞扬闭上双眼，深深地叹了一口气。

罢了！

不管那树屋里是什么，但至少有一点能确定，他想找的钥匙就在里面。换言之，他想拿着钥匙回去，就一定要进树屋。

秦飞扬终于动了，他助跑几步，三下五除二爬了上去。树屋虽然跟小时候的有些许不同，但还是足以勾起他的种种回忆，门、窗户，还有自然生长的包裹在树屋四周的树叶和藤条……

那些回忆，有美好的，也有痛苦的！

秦飞扬伸出手，几次试探后才推开门，走了进去。

屋子里面的装扮，虽然跟他们小时候住的地方有所不同，但是他和郁晨的合照，他们曾经玩过的玩具……

秦飞扬的嘴角忍不住轻轻扬起，他拿起那张合照，轻轻地抚摸着，手在下滑的时候，清晰地感觉到，相框里面藏着东西。

“这么容易？”秦飞扬愣了愣，他第一个反应当然是钥匙，但钥匙如果这么容易找到，似乎也太简单了。神秘人不可能只是让他来这儿缅怀缅怀，然后就拿着钥匙走了吧？

他带着疑问打开了相框，果然，那里面并不是什么钥匙，而是一颗药丸。

这药丸他非常熟悉，就是他曾经给郁晨用过的药，也是郁晨在笼子里憋了半天问他“为什么”的源头！

这药，是一颗毒药！

秦飞扬的嘴角一下子就垮了，拿着药的指尖也忍不住微微颤抖起来，他和郁晨的回忆都是美好的，唯独这颗药——这是他们一生中最痛苦、最难面对的回忆。

秦飞扬拿着相框的手下意识松了，相框摔到地上，四分五裂，露出一张折好的纸来。

秦飞扬疑惑地将那张纸捡了起来，展开。

这也是一张地图，标记着从树屋前往郁晨所在地的路线！

秦飞扬彻底蒙了，他不知道神秘人究竟要做什么，难道是给他一个机会，让他向郁晨解释清楚当年发生的一切？那郁晨得到的东西是什么，如果他也得到了关于这一切的回忆，他会做什么？

秦飞扬能想到一切悲剧的可能性，包括郁晨会杀了自己！

他越想，就觉得脑子越乱，甚至连找钥匙的事情都忘了。秦飞扬心里明白，这是他心中过不去的一道坎儿。这件事情比他和陆林志等人的恩怨严重得多，如果不解决，即便出去了，他和郁晨也不会冰释前嫌。

秦飞扬收起了毒药和地图，将合照拿起来揣在了怀里。他又四处翻了翻，还好，在翻遍整个树屋后，他终于找到了钥匙。

但他没打算返回出发地，他打算去找郁晨！

他不知道如果这时候返回出发地，还有没有机会和郁晨解释清楚这一切。在那么多人面前，他很难解释，而且他很难保证郁晨没有受到诱导，也许他已经对自己产生了杀机，也许他正在来杀自己的路上，或者在哪里埋伏着……

郁晨现在确实抱着杀心，但在杀死他的双胞胎哥哥之前，他更想得到一个答案。

他的目的地没有什么特别的，唯一有点儿特别的是，这一片林子让他觉得很熟悉，不，应该说刻骨铭心！

这像极了他和秦飞扬分道扬镳的森林，在那里，秦飞扬亲手给他下了毒，将他扔在了森林里。

如果说秦飞扬看到的东西还给他带来了些许美好的回忆，那郁晨看到的一切，带给他的就全是痛苦的回忆。这回忆里没有一丁点儿美好！

他看到树下放着一把枪，枪的下面，放着一张地图。

地图上标记着秦飞扬的所在地。

这是在给他一个报仇的机会！当年的一颗毒药，换现在的一颗枪子儿，这么算也很公平！

郁晨拿起枪和地图后，敏锐地发现地图下面的土有些松动，便找了一截树枝，挖了挖那片土。

不出所料，土里埋着他要寻找的钥匙！

郁晨现在有两个选择，第一选择是拿着钥匙返回出发地，也许大家都会回去，这样他们就能够活命，一切等出去再说，但有一点，出去后他很难再有这样的机会找秦飞扬算账。

第二个选择，就是带着枪和地图去找秦飞扬。这样一来，他一定无法在五个小时之内返回出发地，但一直埋在他心里的疑问，至少可以得到一个解释，就算得不到，至少他可以亲手了结这段恩怨。

郁晨知道自己是为什么来到这个密室的，心结已经困扰他多年。他来参加游戏，根本就没想过能活着出去。唯一让他感到有些对不起的就是乔也，因为他还没告诉乔也关于齐瑶的线索。

郁晨左手抓着钥匙，右手抓着枪，在原地站着思索了很久，然后他紧紧地握了握右手的枪，大步向前走去。

4

乔也虽然没有秦飞扬和郁晨那么丰富的野外经验，但毕竟是警察，靠着地图在森林里穿梭也不是什么难事，只不过他的目的地比较远，从出发地抵达目的地就花了一个多小时，体力也耗去了大半。

他本来想着到达目的地后先休息一下，调整好状态再继续，可是一到目的地，他就愣住了。

这里是一个模拟案发现场。而案件就是方井曾经负责，最后被他打乱计划接手过来的车祸肇事案件。

车祸案件的受害人，叫周天耀！他的儿子，是周子书！

方井的事情一直是乔也心中的一个结，从他失踪开始，乔也就意识到这桩案子没有那么简单。但卧底计划毕竟是机密的，除了卧底者本人和上线，没有人会知道这件事情，包括同为警察的他，包括林思思！

乔也想，林思思应该也是在方井失踪后开始调查这件事情的。方井是一个好警察，于公于私，他都不会轻易将林思思卷进来。

乔也走进模拟案发现场中，当年发生的一切，又原原本本地在脑海中过了一遍。

林思思说得不错，其实这桩案子很容易就能发现疑点，货车出现得这么巧合，摄像头刚好拍到了凶手的脸，而且那么清晰明了，凶手被抓到后竟然是一个低能儿。后来又有人跑到警局来自首，声称凶手是受他指使，而这个自首的人入狱后没多久因癌症而死……

这一切的疑点非常明显，是个警察都能够发现，怎么偏偏他这么沉不住气，非要在那个时候表现自己？还真是应了林思思那句话，不知道是太单纯还是太傻！

乔也走到货车面前，车座上还放着一个人偶，撞了人之后惊慌失措的表情，设计得非常到位。

这一切对乔也而言并不是什么美好的回忆，他看了一会儿，正打算离开时，突然瞟到人偶下面隐隐约约有什么东西。

乔也顿住了步子，打开车门，将人偶移到了一旁。看到人偶下面的东西时，他的脑袋里轰的一声，差点儿就这么栽了下去。

那是齐瑶的照片，是她在失踪前一天拍的！乔也还记得她穿的这身衣服，她告诉自己那是乔也的母亲为她选的衣服，他们很快就要结婚了，她准备过两天去帮乔也的父母挑一件礼物。

只可惜，乔也没有等到她挑这件礼物，也没有等到她跟自己结婚。齐瑶就这么突然失踪了，没有留下任何线索！

乔也指尖颤抖地抚摸着照片，齐瑶的一颦一笑都那么清晰，又那么遥远！

“瑶瑶，你到底在哪儿啊？”乔也自顾自地问了一声，又叹着气摇了摇头。他毕竟是个警察，尽管因为未婚妻的事情经常冲动，但也能很快冷静下来。

神秘人能把这张照片放在这里，说明他足够了解自己，甚至很可能知道齐瑶的事情。乔也本来一直觉得和齐瑶有关的人就是郁晨，但是现在他不这么想了。

他相信郁晨知道齐瑶的事情，但无论如何，乔也都不会相信郁晨会是神秘人。

很简单，尽管郁晨应该是唯一知道齐瑶所在的人，但七个玩家的关系中，他只处于边缘地带，而要让每个人的目的地都这么具有回忆性和特殊性，就必然不会是这么一个人。

何况有一点乔也能证明，郁晨在入狱的那段时间，他的的确确是一个低能儿，智商不会超过小学水平，从这一点看，他被别人设计的可能性更大。

如果不是他，还能是谁呢？乔也想来想去，只能想到一个可能性了，可这个人又是他最不愿意怀疑的。

乔也一边想，一边又翻了翻车里面的东西，钥匙没找到，但他找到了一张地图。

地图上标记着郁晨所在的方向。

很明显，目前看来，知道齐瑶线索的人只有郁晨。乔也完全可以去找郁晨问清楚，但两个目的地相隔甚远，如果他真的这么选择了，就绝对不可能在五个小时之内返回出发地。

乔也几乎是立刻就放弃了这种想法，在这一点上，他比所有人都更冷静。如果为了找郁晨问清楚齐瑶的事而放弃逃生，那即便问到了又能如何？他被困在这里，根本没办法去找齐瑶。

更何况，郁晨好像从来就没有打算告诉他这件事！

乔也又将车里的东西翻了一遍，在确定没有钥匙后，他又将目光放在了车前被“撞死”的人偶身上。

这人偶已经被撞瘪了，仿真的鲜血流了一地，人偶看起来就好像躺在血泊里似的。不过这一点也不夸张，周天耀当年的死状比这还要恐怖，脑浆都溅了出来，身上多处骨头都被硬生生地轧断了，鲜血流了一地……

乔也不忍再想，他晃了晃头，伸手将人偶从血泊里拖了出来，在他身上翻了翻。

果然，在人偶的裤兜里，他找到了钥匙。

这并没有让他多欣喜，在被撞死的人偶身上找到钥匙，这也从侧面提示了他身上肩负着的责任。当年的案子到现在都还没有一个结果，郁晨不是真凶，木九千也不是真凶，他还需要把凶手绳之以法，才对得起无辜死去的人。

乔也是一个警察，正义的警察，这一点从没变过。

所以，他把齐瑶的照片和地图都放在了身上，返回出发地。

乔也没想到，他会在路上碰到舒婵。

舒婵的目的地不算远，即便她是柔弱的女孩子，经验不足、行动较慢，但也只花了四十分钟左右，就到达了目的地。

她的目的地是自己很熟悉的地方，当然并不是她之前曾经到过的某个具体的地方。出现在她面前的是一家画廊。

舒婵除了是心理医生外，还是一位小有名气的画家，经常参加各种画展，对画廊自然也非常熟悉。这里让她熟悉的不只是画廊，还有画廊里的那些画。

画廊里展示的，全是郁晨和秦飞扬的画像。

郁晨和秦飞扬的画像并不奇怪，但它出现在这里就非常奇怪了。

舒婵通过催眠木九千画出了画像，这件事她从来没有告诉过其他人，虽然在上一间密室中她已经说出了这件事，但他们七个人一直在一起，绝对不可能有人在听到这件事后立刻设置了画廊。

如果画廊是最初就设置好的，那么知道这件事的人，就一定知道她和木九千真正的关系，也知道她来到密室真正的目的是什么。

当然，舒婵知道，其他六个人也一定不会相信木九千只是她的病人，毕竟她和周子书的关系隐藏得并不算好。

乔也当然也想到了这一点，他看到舒婵回来了，下意识地问："周子书呢？"

问出这句话后，乔也才发现自己嘴比脑子快了一步。舒婵在微微怔了怔后，摇摇头："我不知道。"

乔也看得出来，她在撒谎。

舒婵的确在撒谎，她知道周子书在哪里，而且他们还相遇了。

舒婵所在的那家画廊，除了秦飞扬和郁晨的画像外什么都没有，所以她也只能从这些画像里面找线索。里面的画像都上了画框，而画框是很容易藏东西的地方，这一点舒婵比任何人都清楚。

舒婵一个个挨着找，果然在这五十多幅画中找到了一个带暗匣子的画框。暗匣子是一个机关，这个机关将暗匣子分成了两部分，一部分装着钥匙，另外一部分放着一份地图。从地图露出的部分可以看出，那是周子书目的地的地图。

除此之外，画框后面还放着一封信：

亲爱的舒小姐，你好！

我知道你的一切秘密。当然，我没有恶意，只是想帮帮你们。我可以为你们提供报仇的机会，只不过，你要做出一个选择。

这里有一把钥匙，还有一份地图，对了，地图后面有一把弹簧刀，你可以用这把刀出其不意地将你的仇人杀死。我需要告诉你的是，周子书没有得到任何武器。当然，你也可以选择带着钥匙回去，和你的仇人一起离开这个地方。

好了，现在该你选择了，我尊重你的选择！

舒婵拿着信，陷入了沉思。

没错！她是来帮周子书的，周子书的仇人不止一个，他想杀的人也不止一个！难住舒婵的并不是机关，而是选择。现在钥匙和地图都交到了她手中，她也必须做一个选择。

舒婵放下信，拿起画框，重重地摔了下去。

舒婵并不傻，至少目前的机关还不至于把她困住。画框非常小，所以机关也无法设置得十分精巧，要破坏这个机关，是轻而易举的事情。舒婵是心理医生，用过的许多道具也是这种小型机关，对付这种小型机关，她已经是轻车熟路了。

果然，画框被摔烂后，小型机关的零件也四分五裂了，钥匙、地图和刀都掉在了地上。

舒婵将这三样东西都捡了起来，打开地图看了看。这份地图没有问题，因为她在出发之前就看过周子书的地图。

舒婵的心思一向细腻，她现在没有思考自己究竟该如何选择，而是思考周子书会面临什么样的选择。

周子书的确也面临着艰难的选择。

5

周子书的目的地本来就比较远，好在他身体够好，速度还算快。但他走到半途时，竟然遇到一棵突然倒下来的树，差一点儿就砸中他了。要不是他因为偷盗长年飞檐走壁，恐怕还真无法闪躲，就这么把命撂在这儿了。

周子书再傻也不会傻到认为这是一个意外，他自然而然地想到了神秘人。神秘人想要杀死他。

在这七个人里，陆林志或秦飞扬的可能性最大，但郁晨也不是没有可能。

周子书一边思考一边继续前进，同时也加强了警惕。奇怪的是，自这棵树后，他再也没有遇到任何危险。

他绝对不会认为神秘人会傻到认为这么一棵树就真的能置他于死地，那么就只剩下一种可能，那个人故意给他提个醒，或者是扰乱他的思绪。

周子书挑挑眉，如果真的是这样，那个人恐怕就要失望了。毕竟他周子书不是舒婵那样心思敏感的人，他天生神经大条，不容易被别人干扰。

周子书的目的地是一片空地，难得的一片空地，毕竟这里是森林，到处都是树丛荒草。周子书看得出来，这片人为开采的空地应该是专门设置的特殊的日的地。

之所以说特殊，是因为空地上还放着一个笼子。

那是非常大的铁笼子，能装下五六个人，看起来就像是一个小型的监狱。周子书还没走到笼子跟前儿，就冷笑了一声："妈的，这不会是想把老子关起来吧？"

如果真是这个目的，周子书觉得神秘人更有可能是乔也了。想杀他的人应该是仇人，但想囚禁他的人一定是警察。

不过，周子书绝对相信乔也的人品，他是一个警察，虽然有点儿一根筋，但还算是个有原则的警察，他是绝对不会干出这样的事儿的。

周子书知道在这里空想也没什么意义，他观察了一阵子，还是朝着笼子走了过去。

他走到笼子跟前，就更能感受到这笼子的大了，恐怕关上七八个人也不成问题。

周子书不禁在想，不会是神秘人准备将他们七个人都关在这儿吧？

这个想法很快就被他抛在脑后了，因为他们本就被囚禁在巨大的密室中，再加这么个笼子也没什么意义。

周子书又围着笼子看了看，他看到笼子里好像放着什么东西，看起来很像一个信封。他打开了笼子的门，为了防止自己被暗算，又找了一块石头把门抵住，确认笼子门不会轻易关上后，才走进了笼子。

笼子里的东西的确是一个信封，非常大的一个信封，里面装着好几张纸。

周子书拿着信封先走出了笼子，这才把里面的东西倒了出来，信封里有一张地图。这张地图和他拿到的是一样的，不过这张地图上标注着秦飞扬和郁晨的目的地。另外，还有一片他常用的小型刀片以及一封信：

哈喽，周子书！

不用猜我是谁，这不重要，重要的是我知道你的秘密。我还知道你想要杀人，或者说报仇。看看那张地图，这可是一个绝佳的报仇机会，至于你最大的仇人，不用担心，已经有人替你解决了。

哦，对了，你的女朋友舒婵那里还有一把弹簧刀，猜猜，她会做出什么样的选择？

你可以选择继续寻找钥匙带回去，或者抓住机会，手刃仇人为父报仇。

选择权在你手里哦，期待着你的选择！

“陆林志已经被人解决了？”周子书疑惑地看着信上的内容，“难道是林思思？这女人那么精明，真的会选择杀人吗？她的那枚炸弹，足够炸死我们所有人了，怎么可能只盯着陆林志不放……”

周子书看到关于舒婵的消息时，又爆了一句粗口。他知道自己和舒婵的演技并不好，尤其是舒婵发烧的时候，其他人肯定产生怀疑了，正因为如此，他才不想让舒婵继续被牵连。

不过目的地肯定不是现在才设置好的，他和舒婵的关系也并不是因为露出马脚被神秘人知道的，而是那个人一早就知道，他设计好了一切！

周子书在出发之前，刻意提醒了舒婵，让她拿到钥匙立即返回，千万不要独自行动，也不知道她听进去没有。

周子书并不知道舒婵拿到的是他的地图，他自然而然地认为舒婵也会拿到秦飞扬和郁晨的地图。如果真是这样，她也可能做出跟自己相同的选择，放弃钥匙，去找秦飞扬和郁晨报仇。

“妈的！”周子书烦躁地将信撕成两半，转身就准备离开。

走出两步后，他又想到一个问题。如果他真的不找钥匙了，即便赶过去阻止了舒婵，他们也出不去，那还有什么意义呢？他死在这儿无所谓，可舒婵凭什么要陪着他死在这儿？她本来就是被自己拖累才来到这个地方的。

周子书狠狠地跺了一下脚，又返回了笼子。

笼子里面空荡荡的，除了刚刚拿出来的信封外，什么都没有了。既然给出了钥匙的线索在这儿，周子书不相信这只是个幌子。他静下心仔细地观察了一遍，终于发现了端倪，组成笼子的铁柱好像有两根是空心的。

“变态吧！”周子书看着这笼子就发愁，而钥匙很可能在空心的铁柱子里面。但铁柱子都是连在一起的，想要拿到钥匙，就必须把整个笼子推翻。这足以装下七八个人的大笼子，靠他一个人推翻也太难了！

好在笼子的材质和之前困住秦飞扬和郁晨的笼子不同，密度没有那么高，相对会轻一些。即便如此，靠一己之力想推翻它也不是那么容易的。

周子书试着推了推，如他所想，笼子纹丝不动。他知道靠推是没希望了，只能另寻他法。

他四周看了看，这里虽然是片空地，但不远处有树，碎石头也有不少。

他去找了两块大小适中的碎石头来，又折了一截还算坚硬的树枝，开始用杠杆原理的方法来撬笼子。

这个方法还是不错的，虽然没有真的将整个笼子掀翻，但也把空心铁柱子那边撬起来了一点儿。他猜得没错，铁柱子下面是空的，刚翘起来一点儿，钥匙就掉了下来。

周子书赶紧伸脚去把钥匙踢到了笼子外面，才放下了手里的树枝。刚被撬起来的笼子轰隆一声砸了下去，砸得周围飞起一片灰。

周子书顾不得满头灰，跑过去捡起钥匙，一刻不停地冲着秦飞扬和郁晨最可能所在的交会点赶了过去。

还好，周子书想得没有错，他还没赶到郁晨和秦飞扬的交会点，就碰到了舒婵。

舒婵是奔着周子书的所在地来的，所以她碰到周子书一点儿也不觉得奇怪。周子书反而吓了一跳，看到她没事后，又松了一口气，跑到她跟前一把将她抱住了。

“你没事吧？”周子书的声音里带着哽咽，“吓死我了。”

“我没事啊，”舒婵疑惑地推开他，“你得到什么信息了，怎么会这么担心？”

周子书将自己得到的东西拿给她看：“秦飞扬和郁晨的地图。哦，还有这个，信上说会有人帮我们解决陆林志，应该是林思思吧。”他拿出那封被他撕成了两半的信。

舒婵立刻明白了：“你以为我也拿到了他们的地图？”

周子书惊道：“不是吗？”

舒婵一边拿出她获得的地图，一边摇了摇头：“我拿到的是你的地图，我的选择是回去逃命，或者跟你一起去报仇。”

周子书一愣，他还真没想到事情会是这样。转念想想也是，如果舒婵拿到的是秦飞扬和郁晨的地图，那她不一定会行动，毕竟她只是一个女孩子。但舒婵拿到的是他的地图，她行动的可能性就非常大了，跟他会合，给他送武器，再并肩而战，这样行动，成功的可能性也会更大一些。

周子书想明白了前因后果，便把舒婵的弹簧刀接了过来，将自己的钥匙给了她。

舒婵一愣："什么意思？"

周子书收好弹簧刀，把自己的地图也给了舒婵："你拿着我的这份地图和钥匙回去吧。这里离出发地已经不算很远，我的地图是从出发地开始标记的，你拿着这个走不会迷路。"

舒婵明白了他的意思，着急道："你想自己去报仇？"

周子书点了点头，见舒婵要发作，赶紧扶住了她的肩膀："你听我说，我身手还算灵活，虽然没办法跟秦飞扬和郁晨抗衡，但出其不意杀了他们还不算难，要是你去了，我反而会分心。舒婵，你带着钥匙回去。如果运气好，大家都回去了，你就打开门逃出去；如果有人没回来，你一定要让乔也去找他们，乔也会带你们出去的。"

舒婵还是非常犹豫："可是你……"

"周子书，"舒婵沉默了一会儿，深深地叹了一口气，"你也发现了，不是吗？这是一个局，每个人都有报仇或者说达到目的的机会，如果每个人都做出这样的选择，那就和之前我们分析的一样，这会是一个无人生还的结局！"

"你不会，"周子书摇摇头，"你有第三个选择，只是给我送武器，然后回去。不管怎样，我相信，乔也一定不会做出这样的选择。"

舒婵还是不死心："那你呢？明知这是一个陷阱，还非要往里面跳吗？"

周子书沉吟了片刻，低了低头，声音也低沉了许多："我没得选择啊，舒婵。”

就这么一句话，舒婵彻底闭了嘴。

她认识周子书不是一两天了，她知道周子书自那场车祸后过着什么样的生活，她知道周子书为了这一天做了多少努力，也知道他在黑暗中盘桓了多久。

舒婵知道，她不该拦着。

周子书看出了舒婵的动容，便慢慢放下了双手，笑了笑：“快回去吧，舒婵，等我回来。”

舒婵不知道他到底还能不能回来，最后还是尊重了他的选择。她独自一个人带着两把钥匙，带着地图，返回了出发地。

舒婵没想到会遇到乔也，她更没想到乔也会问她周子书在哪儿。尽管他是下意识的，但也说明他对自己和周子书的关系，已经心知肚明了。

乔也没有继续逼问，他准备带着舒婵返回出发地再做打算。

第七章

真相

1

舒婵一路无言，乔也也没有再说什么，直到即将到达出发地的时候，他才开了口。

乔也停住了步子，问："舒老师，你看出来了吧，这是一个局。"

舒婵这次没有否认，也没有逃避，她低低地"嗯"了一声："看出来了。"

乔也转过身看着舒婵："舒老师，那你应该知道，在光阵密室里我们的分析没有错，他想要一个无人生还的结局，他想让我们所有人都死在这里。"

这次，舒婵却摇了摇头。

乔也不明所以，疑惑地望着她。

舒婵解释道："如果神秘人是基于对我们所有人的了解，那他就应该知道，所有人都可能做出导致无人生还的选择，唯独你不会。"

乔也不得不承认，他根本没想过去找郁晨，几乎是本能地选择拿着钥匙回到出发点。

至于齐瑶，他想得到齐瑶的线索，但不是在这样的情况下。

“所以，这个计划是有漏洞的，”舒婵继续道，“而且，你还会阻止别人做出无人生还的选择，不是吗？”

乔也摇了摇头：“我来不及。”

舒婵微微皱了皱眉，不知该如何回答。她想得没错，乔也想得也没错。

乔也的确不会做出这个选择，但他也的确来不及阻止别人做出选择。

“先回去吧，”双双沉默了半分钟后，舒婵再次开口，“也不一定是无人生还，至少秦飞扬和郁晨的问题看起来还没那么严重，不是吗？”

乔也的双眼难得地亮了一下，点点头：“嗯，先回去吧。”

舒婵没有告诉他周子书去找秦飞扬和郁晨了。秦飞扬和郁晨的问题看起来的确没有那么严重，但再加上一个周子书就难说了。

秦飞扬和郁晨的确在半路上相遇了，周子书计算得非常准确，他们就在离交会点不远的地方。

秦飞扬一点儿也不奇怪郁晨会来找他，他早已考虑到了这种可能性。郁晨却很奇怪秦飞扬会过来，毕竟秦飞扬那么聪明，他不会想不到自己想要杀他。

郁晨看到秦飞扬，几乎是下意识地举起了手中的枪，直接对准了秦飞扬的脑袋。他高喊：“郁果，你给我站住！”

秦飞扬愣了一下，他太久没有听到这个名字了。秦飞扬站住了，还举起了双手：“你放心，我手上没有任何武器，我也没有得到任何武器，郁晨，我想跟你谈谈。”

“谈什么？”郁晨紧紧扣着扳机，“谈你当年怎么狠下毒手，怎么给我下毒还把我扔在原始森林里？还是谈谈你改名换姓后撞死了人，还设计我当替罪羊？”

“郁晨，”秦飞扬的声音尽量温和，一下又一下地向下压着双手，“你先冷静点儿听我说好不好，当年的事情并不是你想的那样，我给你下毒，也并不是想让你死。”

郁晨稍微愣了愣，心里也有了些动摇，不管怎样，得不到一个真正的答案，这一切还是毫无意义。

秦飞扬见他没有再反驳自己，才继续说下去：“你知道，组织非常残酷，我们小时候被选中，以为从此会过上好日子，结果呢？每天都是无休止的训练，每天见到的都是杀戮，甚至最后，还要你我兄弟相残来争那一个活下来的机会！郁晨，你还记不记得，在那次森林特训的前一天晚上，你跟我说如果能脱离组织就好了。”

“那又如何？”郁晨瞪了他一眼，“你还不是用我的命换了你的命？”

“呵——”秦飞扬苦笑了一声，“郁晨你想想，咱们那个组织里，什么样的毒药没有，氰化钾、河豚素，就算我想让你三秒钟毙命也不是什么难事吧？如果我真的想用你的命换我自己的命，如果我真的想杀你，我为什么不选择那些毒药？为了让你有机会逃亡再来找我报仇吗？”

这一点，郁晨不能不承认！

那是一个非常残暴的边境雇佣兵组织，就算说是一个杀手组织也不为过，氰化钾、河豚素这种快速毙命的毒药，组织内随处可见，想要拿到也非常简单。如果想杀人，这样的毒药显然是更好的选择。

秦飞扬试着向前走了一步，郁晨虽然还举着枪，但并没有太大的反应。

秦飞扬轻轻扬了扬嘴角，但他只走了两步，又停下来继续说："我专门去找了种毒药，这是一种罕见的蛇毒，让你吃了立刻现出死亡征兆，但三天后，你只要打一针血清就没事了。我也知道这种药可能会损害你的神经，但我当时已经没时间考虑这么多了。我想让你脱离组织，郁晨——那不是人待的地方，哪怕你活下来后成了一个傻子，那也没关系，至少你能在阳光下生活了，不是吗？"

郁晨举着枪的手稍微松了一些，秦飞扬也难得地露出了欣慰的笑容："我后来去那片森林里找过，确认你逃出去了，就跟上面报告说你被野狼吃了。后来，我一直在打探你的消息，我是打探到你的消息之后，才接受了陆林志的雇用，那场车祸……那场车祸也是他逼迫我的。他答应我，完成这一切后，就帮我洗白身份，我再想办法把你捞出来，咱们兄弟两人就可以过正常人的生活了！可是我没想到……"

秦飞扬的眉目间露出了些许疑惑："我没想到你会从警局消失，你以为我来参加这个游戏是为了什么？我就是为了找你啊！"

郁晨虽然还是没什么好脸色，但语气间也平和了很多："不止吧？"

秦飞扬知道没有瞒郁晨的必要了，他点头："确实不止，我还想杀了陆林志，毕竟他知道你我之间的事情，他的存在对你我而言就是一个定时炸弹！"

郁晨见他回应得痛快，回答得也没什么漏洞，这才稍稍放松了警惕，将一直举着的枪放了下来。

他才刚放下枪，就看到一个人影从树后，直奔着秦飞扬冲了过来。

郁晨反应了一下才看清楚，那是周子书，他手里还拿着一把弹簧刀。

郁晨低呼了一声，想也没想就冲过去挡在了秦飞扬面前。

弹簧刀刺进他的肩膀，一阵剧痛后，郁晨闷哼一声，不受控制地半跪了下去。

“郁晨！”秦飞扬声嘶力竭地大喊了一声，反手扭住了愣住的周子书，夺了他的弹簧刀，将他控制住了。

“我……”郁晨捂着还在不停冒血的肩膀，痛得倒吸了一口冷气，“我没事，他……他是那个死者的儿子，是吧？”

那个死者，自然是指那场车祸的受害者——周天耀。

周子书想杀的是秦飞扬，却被郁晨挡了刀，在自己晃个神的工夫，被秦飞扬控制住了，只能认栽。

他来得不早不晚，正好听到了他们兄弟之间的恩怨情仇，被秦飞扬制住后，他还不忘在嘴上讨了个便宜：“你们俩还真是兄弟情深啊！”

秦飞扬扭着他，看了看郁晨的情况。郁晨已经自己拔了刀，撕开衣服做了简单的包扎：“没伤到要害，死不了。”

秦飞扬无论如何都没想到郁晨会替他挡这一刀，他和郁晨之间的误会虽然解开了，但这个误会毕竟长达数年，他知道郁晨还存有疑惑，他救自己不是出于愧疚，也不是出于感动，而是出于本能，那种血浓于水的本能！

可这更让秦飞扬心中含愧。

他不只是对郁晨有愧，也对周子书有愧。他和周天耀无怨无仇，去杀他也是受人所托。他当时一门心思想着洗白身份，利用几个外人对他而言也不算什么，但他忽略了这些所谓“外人”也是有家人的。

周子书年纪轻轻变成如今这个样子，他秦飞扬难辞其咎。

秦飞扬看着周子书，无奈地叹了口气：“我不是为自己开脱，但我就是一个棋子。周子书，你现在把我杀了根本没有任何意义，如果你想给陆林志定罪，那我也是必不可少的，你明白吗？”

周子书冷哼了一声：“这个密室里跟你们有仇的、跟陆林志有仇的，只有我一个人吗？你真的认为他还能活着，太天真了吧？”

“你同样天真，”秦飞扬脱了外套，反捆住他的双手，“你也该看出来我和郁晨受过特别训练了，你真的以为凭你一己之力就能杀了我们？”

周子书刺杀失败，只能自认倒霉，他装作毫不在意的样子继续冷哼着：“所以呢，你们打算杀人灭口？”

“没意义，”秦飞扬摇头，“至少在这个密室里，你对我还构不成什么威胁，至于出去了，该领的罪我领就是。不过现在，周子书，你不觉得跟我们合作更明智吗？”

周子书愣了一下：“合作？”

“没错，”郁晨包扎好伤口，走过来接过他的话，“刚才你也应该听到了，我们想杀了陆林志，你也想杀，毕竟他才是你真正的仇人，你真的认为陆林志已经死了？或许别人还觉得我们已经死了呢。”

周子书思考了两分钟，问：“怎么合作？”

“很简单，”秦飞扬继续解释，“我把你绑着带回去，他们自然会对你放松警惕。这种情况下，他们的注意力更多地会放在我和郁晨身上。如果陆林志死了那就另说，如果他没有死，就他那副残废样子，你找机会杀了他也不是什么难事儿吧？”

秦飞扬说着，将弹簧刀收好放在周子书手中：“弹簧刀你用得很熟练，到时候趁大家不注意用刀把衣服划破，再找机会动手就行了，我会把你推到陆林志身边的，如果他还活着的话。”

比起秦飞扬和郁晨，周子书的确更想杀了陆林志，而秦飞扬说得没错，这是一个不错的计划。敌人的敌人就是朋友，偶尔合作一下也没什么。

周子书心里已经接受了这个计划，但还是多嘴问了一句：“你为什么不在手术台上杀了他？那么好的机会。”

这次换秦飞扬冷哼了："你这脑筋真是够直的，那个时候谁知道我跟陆林志有仇？毕竟那时候七个人在一起，谁也不知道后面还有多少关卡，太早暴露有什么好处？再说，乔也一直盯着我呢，我要做手脚他能看不出来？当然，我也被乔也说服了，如果那个时候杀了陆林志，也许后面我们都会死。但这一关不会，我们只要把陆林志的钥匙抢过来就是了，对吧？"

郁晨也附和："没错！你没有杀他，乔也会保着他。但你已经杀了，乔也也不至于为了他一个人让咱们都陪葬。"

"是，"周子书点了点头，"这一关每个人的动机都露出来了，你们确实也没什么隐藏的必要了。"

秦飞扬笑了笑："你还是挺聪明的。"

周子书思考了片刻，点头道："好！我们合作！"

2

乔也还真没想到，林思思和陆林志竟然早就回到了出发地。

舒婵看到陆林志还活着，脸色立刻就变了。她和周子书以为林思思会杀了陆林志，转而跑去找秦飞扬和郁晨，可是陆林志竟然还好好地待在这儿！

走近了，她才发现林思思用那枚微型炸弹控制住了他。

舒婵和乔也同时停住了步子，没有继续向前。

林思思看到他们的反应，挑了挑眉，微微一笑："怎么了，怕我对你们动手吗？怕我把你们一块儿炸死？"

舒婵没有说话，乔也皱了皱眉，很显然，他们的心思被林思思猜中了。

乔也握了握拳，向前走了一步："你想炸死我和陆林志，我能理解，但舒婵没必要吧，还有周子书，他们跟你应该算同一个阵营的，不是吗？"

林思思笑了笑："乔警官，我有那么残暴吗？如你所说，我杀死他们没有任何意义，我现在也不会杀了你和陆林志，别着急，再等等，说不定还有人会回来呢。"

乔也有些疑惑："还有人会回来？"

"怎么？"林思思很惊讶乔也会因为这句话而疑惑，"难不成你觉得他们都死了？周子书、郁晨和秦飞扬，你认为他们都会死在这片森林里？"

"不是。"乔也摇了摇头，没有再继续说下去，他只是疑惑，林思思为什么会是这样一副胜券在握的表情。他当然不认为周子书他们都会死在森林里，但也不敢保证他们能全部活着，毕竟，每个人都面临着艰难的选择。

林思思虽然说的是"说不定"，但她的神情、语气，就好像料定了他们会回来一样。

乔也没有其他办法，只能等着。而且林思思手里有炸弹，她还控制着陆林志，乔也也不放心离开。

就这样，时间一分一秒地过去了。

他们从出发地到目的地再返回来，本来就已经用了不少时间，乔也和舒婵返回出发地的时候，就只剩下一个小时了。不知不觉地，只剩下半个小时了。

林思思依旧一动不动地坐在陆林志旁边。她的神情，说不清是胜券在握，还是根本就不在乎。

乔也开始担心，如果只是秦飞扬和郁晨没有回来，他还没有那么担心，可是现在连周子书也没回来！

乔也知道，周子书想杀的不止陆林志一个人。他本来以为周子书去找陆林志了，如果他没有找到就会原地返回，可现在看来，周子书去找秦飞扬的可能性更大一些。

乔也慢慢地站了起来，舒婵看到他动了，目光也自下而上地跟随着他的身影。她本来以为林思思会阻止，意外的是林思思并没有说什么，也没有阻止乔也的行动。

这一点，连乔也都有点儿奇怪，毕竟在上一个密室，林思思最想杀死的就是陆林志和他。他本以为回来就会受林思思所控，但现在看来，林思思并没有打算控制他。

乔也试探着开口："我去找找他们。"

舒婵没有说话，她下意识地看向了林思思。林思思竟然点了点头说："好！"

乔也暗自松了一口气，转头看向了舒婵，示意她盯着点林思思。舒婵会意，对着他点了点头。

乔也这才放心离开，去找秦飞扬等人。现在时间只剩下不到半个小时了，乔也已经做好了准备，他也许找不到秦飞扬，即便找到了也无法在五个小时之内带他们回到这里。

即便如此，乔也还是义无反顾地去找了，不管能不能让他们带着钥匙回来，他都要先阻止他们的复仇计划。如果可能的话，他想问问齐瑶的下落，就算真的要困死在密室里，他也想知道齐瑶到底还活着没有。

乔也刚走，林思思就笑着问舒婵："周子书去杀人了吧？"

舒婵微微愣了一下，微微一笑："他最想杀的人在你手里。"

林思思看了一眼陆林志："没错，但你也不用这么惋惜，敌人的敌人就是朋友，我又不会保他。"

舒婵也看向了陆林志："但你也没有杀他。"

"只是没到时候。"林思思收起了笑容，微微眯起双眼，露出一副让人捉摸不透的表情，突然转移了话题，"舒婵，你爱周子书吗？"

舒婵没料到她会突然这样问，疑惑了一阵，点点头："爱。"

林思思继续追问："有多爱？"

舒婵觉得好气又好笑："我都来这儿了，你还有必要问这个问题吗？你总不会真的认为我是为了木九千来的吧？"

林思思笑着摇了摇头："当然不会，我只是问问而已。"

乔也没有想到，他才走出去不过二十分钟左右，就碰到一同回来的秦飞扬三人。

郁晨受了伤，周子书被秦飞扬给绑了，看得出来，他们之间经历了一场争斗，但很明显，周子书失败了。

"你们……"乔也小跑着过去，分别看了看他们三人的情况。他的话才说了个开头就停止了，事到如今，他也没有什么必要再问问题了。

"快回去吧。"乔也想到自己来的时候大概用了二十分钟，而时间已经剩下不到十分钟，对他们伸出了手，"时间不够了，先把钥匙给我，我先去开门，然后等你们过来。"

很明显，他们三个人都犹豫了。

时间在一分一秒溜走，乔也急得都快爆粗了，他深吸一口气，尽可能让自己冷静了下来："你们还不相信我吗？我来这里的目的就是齐瑶，如果还有什么目的，那就是把你们全部带出去，该领罪的领罪，该坐牢的坐牢！真的，时间不够了，你们真想死在这儿吗？"

秦飞扬当然不想死在这里，也不是不相信乔也，他只是在考虑一件事情。

他和周子书已经合作了，如果门打开了，陆林志一定会先出去，那么这个计划能不能成功，可就说不定了。

周子书本来也在想这个问题，但他转念一想，就算它只是通往下一个密室的逃生之门，那陆林志出去后也一定会稍作休息，他们不至于等所有人都走了才会到。

周子书率先表态："我的钥匙已经给舒婵了。"

周子书都表态了，秦飞扬和郁晨也不用僵着了，两人都拿出钥匙交给了乔也。

乔也走过来用了差不多二十分钟，跑回去也需要十分钟左右。当然，这种生死关头，他没得选择，只能拼命地跑。

乔也的体力够好，定力够好，并且有足够坚定的信念，否则换了另外任何一个人，恐怕都不能爆发出这样的潜力。

他几乎是在最后十秒的时候，跑回了出发地！

他一边跑一边喊："钥匙都在我这儿了，赶紧开门！"

林思思已经抢了陆林志的钥匙，舒婵也握着她和周子书的两把钥匙，两人赶紧去打开了相应的锁。这时候，时间只剩下五秒了。

乔也终于跑到了门前，将钥匙分给他们一人一把："快开！"

乔也跑得太快，拿着钥匙的手都在颤抖。他强迫自己镇静下来，但肌肉总是不受控制，眼看着时间就要到了，他还没有将钥匙插进锁孔。

最后时刻，林思思握着他的手，将钥匙插进了锁孔中，"咔嗒"一声，最后一把锁应声而落！

乔也一下子倒了下去，在以前的训练中，这种冲刺跑并不算什么，但训练的时候心理压力没有这么大，神经也不会这么紧张。这一次，他才真真切切地感受到了什么叫作生死时速。

林思思扔了锁，一脚踹开了面前的门。

3

乔也本来打算把陆林志扶出去，谁知林思思踹完了门，直接转过身来用炸弹指着陆林志威胁道：“起来，走！”

陆林志有苦说不出，看了乔也几眼，知道他也敌不过炸弹，只好捡了一根棍子把自己撑了起来，一瘸一拐地跟着林思思走了出去。

乔也无奈地摇摇头，对舒婵道：“舒老师，你也先过去吧，他们等会儿就到。”

“他们？”舒婵刚才急着开门，没有来得及问，现在她才有机会问乔也，“他们指的谁？”

乔也很快就明白了她问这句话的意思，周子书去找秦飞扬报仇，看来这件事舒婵是知道的。

她现在这样，明显是担心周子书的生死。

乔也应道：“秦飞扬、郁晨和周子书。”

舒婵微微愣了愣，乔也知道，她肯定是在震惊，在疑惑为什么一个人都没有死。但舒婵的震惊不过那么两三秒，随后便长长地松了一口气。对她而言，只要周子书没有死，那就足够了。

其实乔也也很奇怪，如果周子书刺杀失败，为什么秦飞扬和郁晨却没有对他下手，再联想到刚才找他们要钥匙时的情景，就更觉得奇怪了。

舒婵向远处看了看，对乔也道：“你先走吧，乔警官，我等等他们。”

“你——”乔也本来想劝她，看她坚定的样子，也知道没有什么劝的必要了，他点了点头，“我跟你一起等吧，他们应该也快到了。”

这次舒婵没有拒绝，她心里清楚有乔也在这儿，自己和周子书会更安全。至于林思思和陆林志，他们的死活跟舒婵也没什么关系，如果林思思将陆林志杀了，那更合她心意。

又过了几分钟，秦飞扬三人的身影终于出现在不远处。舒婵看到周子书，立刻冲了出去。在看到周子书被绑的时候，她刚想开口，就接收到了周子书眼神的暗示，她抿了抿嘴，最终还是什么都没有说。

乔也同样没有多说什么，指了指旁边的门道："门已经打开了，快走吧！"

走进门的时候，乔也故意挡在了周子书面前。之前是为了拿到钥匙打开逃生之门，他没时间多想，但现在他不得不多想了。

周子书会乖乖被秦飞扬控制，秦飞扬还没有要他的命，甚至没有丢下他。最好的解释，就是他们之间达成了某种合作。

在这个密室里，达成合作只有两个原因，一个是逃生，一个是杀人！而秦飞扬和周子书显然不会是前者！

第八章

闯关者

1

所有人都以为这片变态的森林会是最后一关，所有人都以为从这扇门走出去后，游戏就结束了，他们会回到现实的生活中去。

但是他们错了！

当七个人都走进门后，那扇门却发出一声钝响，重新关上了。

最先进来的林思思还举着那枚炸弹，她一脚踹在了陆林志的膝盖窝里，迫使他对着一面墙壁跪了下来。

之所以如此，是因为那面墙壁上挂着一张遗像——方井的遗像！

除此之外，另外两面墙壁上也分别挂着两张遗像，一张周天耀的，还有一张木九千的。最后一面墙壁，则刻着密密麻麻的字。

周子书看到父亲的遗像，已经顾不得刚才的合作了，扑过去跪在周天耀的遗像面前，全身都在微微颤抖。舒婵走了过去，帮他解开了绑住双手的衣服，和他并排而跪，轻轻拍打着他的后背。

乔也看了看墙上的文字，那正是士兵的故事，不同的是，故事已经不是含沙射影的“小士兵”版本，而是还原了一切的真实版本。

虽然故事还有点儿朦胧，但把每个人一一对应着分析，也能分析出来真相了。

“都说说吧，”林思思本来面对着方井的遗像，她知道所有人都进来了，就慢慢地转过身，目光落在墙壁的文字上，“关于那个故事。”

乔也看着她，轻轻摇了摇头，但他心里明白，他已经阻止不了这一切了。三张遗像，一个故事，这就像是一场祭奠！所有有罪的人将在这里展开的一场祭奠！

林思思果然无视了乔也的为难，踹了陆林志一脚：“怎么，不敢说啊？”

乔也看得出来林思思现在的情绪不太稳定，生怕林思思一激动真的引爆了炸弹，这可是七个人的性命。故事虽然悲惨，很多人都有罪，但还没到七个人都需要为之陪葬的地步。

乔也只好开口：“我……我先来吧。”

林思思略带惊讶地转过身，又饶有兴趣地对着他微微一笑：“好，那你先来吧。”

乔也走到方井的遗像前，对着他拜了拜，不管怎么说，他对方井是有愧疚的，而且这种愧疚很难弥补。

林思思在一旁看着他祭拜，不知不觉红了眼眶。其实乔也和方井很像，他们都是正义的人民警察，为了真相不顾一切！

其他人的目光也都集中在了乔也的身上，乔也的这三拜，也激起了他们隐藏了许久的情绪：愧疚、痛苦、仇恨……

三拜过后，乔也转过身，缓缓开口：“我来这里的目的，已经跟大家说过了，为了我的未婚妻齐瑶，还有……我的前辈，方井！很明显，我就是那个故事中新来的小士兵，一腔热血，觉得自己简直就是个天才，非要……非要去插手当年的那桩案子。那桩车祸肇事逃逸案，本来是方井准备交给贩毒集团的投名状，只可惜，被我阴差阳错地破坏了！我一直在调查这件事，自然而然地也会调查入狱的人。”

他顿了一下，抬头看向郁晨：“也就是你，郁晨！”

郁晨挑了挑眉，没有说话。

“我渐渐地意识到，方井的事情是一个机密，郁晨也是。按理说，一个车祸肇事逃逸案的凶手，我不难接触到，但郁晨似乎被高层控制住了。过了一段时间，有个人来警局自首了，我都快忘了他的名字，木九千！他自首后没多久，就在狱中因癌症身亡了，我看得出来这件事情不对劲儿，但不知道是哪里出了问题。我接触不到郁晨，木九千又死了，查无可查。我知道郁晨会出狱，他是低能儿，又被人利用了，是不好定罪的。我本来想等他出狱再好好查一下，可是我没想到——我的未婚妻也失踪了！”

乔也再一次看向了郁晨：“就在你出狱后的三天，齐瑶突然不见了。在那之前，她还说要去给我父母挑礼物。我敢肯定这件事情跟你有关，可是你也失踪了。后来，我偶然在舒老师的美术工作室发现了郁晨的画像，我找她询问过，她的回答也是含糊其词。但我可以肯定，舒婵一定知道郁晨的某些事情，我打算再深入调查。后来我就收到了参加游戏的请柬，你们都知道，我们可以参加游戏，还可以再邀请一个人参加游戏，我邀请了舒婵。很抱歉，我没想到郁晨和秦飞扬也会在这儿，我只是太想知道齐瑶的线索了！”

舒婵摇了摇头：“你不用道歉，不是说了吗？这个游戏就是一个局，无论你邀不邀请我，我都会出现在这里。”

乔也极为勉强地笑了笑：“我想找到齐瑶，也想找到方井，找出当年的真相。现在看来方井……对不起，我还是来晚了。”他眉头紧皱地看向前方。

林思思瞥了他一眼：“你没来晚，方井早就死了，你的错误根本不是调查得晚！”

乔也知道她在介怀当年自己插手案子，这件事他即便初心是好的，但仍然无法抵赖。他转过身，对着林思思鞠了一躬：“很抱歉。”

林思思微微皱眉，鼻头有点发酸。她吸了吸鼻子，有些刻意地转移了话题：“继续吧！”

舒婵又拍了拍周子书的肩膀，慢慢站了起来：“既然乔警官邀请的人是我，那就我先来吧！很抱歉，前面几关我一直在演戏，为了让你们打消对我的疑虑。不过在士兵故事中，我的角色本来就无足轻重——哦，不对，士兵故事根本就没有我，我只是意外发现了一点儿线索而已。乔警官，你不用道歉，我也根本不是为了你才来的。”说到这儿，她低头看了看旁边跪着的周子书，满眼的柔情蜜意：“我是为了他，周子书！”

周子书终于从悲伤中回了回神，他抬起头，双眼通红地看着舒婵，非常勉强地笑了笑。

舒婵对他笑笑，继续道：“相信大家也看出来了，我们是情侣，在他的父亲周天耀还在世的时候，我们就认识了。对于周伯父的死，我们一直心存疑惑，也一直都在调查，我们的关系没有公开是因为他不想连累我……”

舒婵毕竟是个女生，又非常敏感，说到这儿的时候，她的双眼已经红了，声音也有些哽咽。她停下来深吸了一口气，调整好状态才继续说：“的确，我也根本帮不了他什么，直到有一天，我接诊了一个病人，就是他——”她指着木九千的遗像，继续说道，“木九千！说实话，我觉得他的遗像挂在这里还挺讽刺的，毕竟在场的谁会祭拜他呢？他来我的心理诊所，一直重复着说有人会杀死他，我试着安抚了很久，但他的精神状态还是不太好。后来经过他的同意，我对他进行了催眠。他在梦中描述了一个人，就是那个要杀他的人。我画了下来，我是一个美术爱好者，这对我来说并不算难。”

乔也恍然大悟：“原来你是这样得到的线索。”

“没错，”舒婵点了点头，“我画了画像后本来还没发现什么，毕竟当时我的注意力在木九千身上。后来周子书来找我，他一眼认出了画上的人就是车祸肇事者，现在看来，就是郁晨了！乔警官，我跟你说不需要道歉还有一个原因，那幅画我是特意让你看到的，你以为我会把这么敏感的东西随便摆放吗？这怎么可能呢？”

乔也笑了笑，但笑得非常难看：“没关系，反正我也需要这个线索。”

舒婵继续道：“后来的事情乔也已经说了，木九千竟然去了警局自首，我可算是明白他这个‘杀’是什么意思了。最初，我以为他是真的凶手，过不了自己良心上的那一关才去警局自首的，后来我发现有些不对劲儿。有一点我得承认，他在我这里看诊不止一次，第二次的时候，我特意调查了他的背景，我发现他已经身患癌症，还是晚期！这样的一个人去警局自首……当然，他也可能是人之将死其言也善，为自己下辈子积福，同时，我也想到了另外一种可能性。”

乔也接过了他的话：“郁晨雇用了他！”

舒婵点点头：“没错，我当时的确是这么想的，但郁晨一直都在狱中，他是怎么做到这一切的？如果是别人替他做的，那木九千为什么会描述出他的画像？他应该不至于对已经在狱中的人印象这么深刻吧？我当时甚至认为有警局里有人帮助他的可能，但这也只是猜测而已。后来，我跟周子书暗中调查，发现了一个跟郁晨长得一模一样的人，他就是秦飞扬，秦医生！”

2

秦飞扬被骤然点名，不由得挑了挑眉，之后挑了挑嘴角，供认不讳：“没错，是我。”

周子书继续道：“现在我们知道是你了，但最初不知道，只是猜测。不管是不是你，都说明了我父亲的死没有我们想的那么简单。如果真的是郁晨不小心撞的，他一个低能儿，也不会判死刑，你用不着雇用木九千演这出戏。而且你们还不同姓，你的身份成谜……这一切的一切，都有太多疑点了。”

秦飞扬点头：“所以你来这儿调查我？”

“不止，”周子书摇摇头，“陆林志不是经常说我进入他们的办公大楼偷东西吗？没错，我是经常去，但不是为了偷东西，而是我看到你经常进出陆氏集团，所以我去调查。后来我看到你跟他私下见面，但是你的警惕性非常高，我没办法调查清楚，但我知道一点，陆林志曾经是我父亲的合作伙伴，这让我不得不产生怀疑。”

乔也恍然大悟，问道：“所以，你们邀请了陆林志？”

舒婵摇了摇头：“我邀请的是周子书。收到请柬的时候，我就觉得这是一个机会，既然我们可以邀请人，那我们就可以把仇人邀请到这里，调查也好，复仇也罢。但我不知道周子书会不会得到相同的请柬，所以我邀请了他。”

周子书看了看她，配合地点了点头：“舒婵邀请了我，我邀请了陆林志。在此之前我已调查了很久，虽然没有把事情调查得一清二楚，但至少有一点我能确定，郁晨、秦飞扬、木九千和陆林志都脱不了干系，而陆林志就是背后隐藏着的人。秦飞扬——当时看来，我觉得他更像一个替陆林志办事的人。当然，只是直觉，毕竟他的身份太神秘，我完全查不出来。所以我邀请了陆林志，从他入手调查，应该会更简单。这就是我来参加游戏的目的，为我的父亲报仇。”

周子书说完，跑到陆林志身边踹了他一脚，恶狠狠地骂：“你要拜的人可不止方井一个！”

林思思并没有阻止他，眼睁睁地看着他把陆林志拎到周天耀面前，按着他磕了几个响头。

乔也有点儿担心，他一直都觉得周子书身上有杀气。他刚才如果和秦飞扬达成了合作，那目标肯定是陆林志，让周子书接近陆林志，是非常危险的。

乔也赶紧走了过去，隔开了周子书和陆林志，劝阻他：“周子书，冷静点儿，你都调查到这个地步了，总得听听事情的真相，不是吗？”

周子书明白乔也的意图，轻笑着哼了一声：“行了吧乔警官，都到这个地步了，你有必要还把我当小孩子哄吗？你说得没错，我肯定会把真相找出来，但你不用这么防着我。”

乔也只好点了点头：“好！”

乔也刚刚闪开，周子书又踹了陆林志一脚：“说吧，陆大老板，正经商人！”

陆林志中了箭，动了手术，被周子书打了一顿，又踹了几脚，现在一把鼻涕一把泪地趴在地上，爬都爬不起来了，只能匍匐在地上不停地呜咽。

周子书一点儿面子都不给他：“你少给我来这套，这要是在外面，我还得有点顾忌，但在这密室里，恨你的人可不在少数，我就算杀了你也就乔大警官会拦拦。你再不说，我踹死你！”

“别别别！”陆林志落得现在这么个下场，知道周子书说得不假，自己在这密室里，根本靠不了任何人，想要活命，只能任人摆布，“我说我说。”

陆林志擦了擦眼泪鼻涕，一边倒吸着冷气一边说：“是，周天耀那事儿是我干的。乔警官，你不是也发现了吗，我这……我这陆氏集团不干净，干了些见不得人的勾当。”

秦飞扬替他补充了一句：“贩毒！”

陆林志现在也没有挣扎的必要了，点头道：“是，我贩毒，我带着陆氏集团贩毒，这种见不得人的交易，我当然得小心着点儿。我是真没想到，最后因为你秦飞扬栽了！”

秦飞扬微笑着摇了摇头：“跟我没关系，我只是想把我弟弟捞出来而已，你自己做事儿太不人道！”

周子书又想踹他：“赶紧说，怎么回事儿！”

陆林志下意识地用手去挡，赶紧继续说：“我之前进了一批毒品，但当时公司正被乔警官盯着，不敢卖，于是我就想了个办法。我找周氏集团的周天耀借了一笔资金，说公司需要周转，周氏集团跟我们合作多年，也没怀疑我，就借给我了。”

周子书听到父亲的名字，越来越激动：“然后呢！”

“然后……然后这笔资金的还款日期到了，我故意说没钱还，就拿那批货抵给了周天耀。周氏集团在销售上一直做得很好，有口碑，没人会怀疑！我跟原本的买家已经商量好了，让他们去周氏的销售渠道提货，然后把剩下的钱打给我就行了。吸毒贩毒都是犯法，他们不敢不听我的。我本来以为没事儿，谁知道，谁知道，周天耀发现了那批货有问题！”

陆林志痛得倒吸了几口冷气。可周子书已经等不及了，他的双眼越来越红，拳头已握出了青筋：“所以你就杀了他？”

“我不想的！”陆林志大吼了一声，“我本来跟周天耀提议，假装不知道这事儿，我把货收回来，反正那段时间陆氏集团的危机已经渡过了。谁知道周天耀根本不信，他说早就发现陆氏集团的账目不对劲儿，前段时间经侦队又在查陆氏集团，他非要把毒品交给警方，任我怎么求他都不行。他这样做，陆氏集团不就毁了吗？所以……所以……”

眼看周子书要发作，舒婵轻轻拉了他一下，开口道：“所以你设计了那场车祸？”

陆林志点了点头：“对，我雇用了秦飞扬——哦对，那个时候他还叫郁果——我雇用他去杀了周天耀。秦飞扬给我办事有段时间了，还挺中用的，我可舍不得让他进局子。之前我调查过他，知道他一直在暗中照顾一个人，就是他的低能兄弟，郁晨。他俩长得一模一样，所以我就想着，让郁晨去帮他顶罪。”

陆林志说到这儿，心虚地看了看郁晨。这事儿秦飞扬已经跟郁晨说清楚了，所以他并不在意了，连看都没看陆林志一眼，冷冷道：“继续。”

陆林志只好继续说：“我本来以为秦飞扬不会同意，谁知道他过了几天来找我，说要跟我做个交易，让我帮他洗白身份。这事儿对我来说不难，而且就算洗白了身份，我也有他的把柄，他还是得帮我做事儿，所以我就答应了他。后边的事就是他自己去安排了，反正我的目的就是让周天耀死，再把毒品拿回来，好让陆氏集团躲过危机。”

乔也问：“你来参加游戏是为什么，杀人灭口？”

周子书一听，气得双眼就要喷出火来。

陆林志赶紧回答：“我是灭口，但不是灭周子书。说实话，当年我根本没想那么周到，什么斩草除根我想都没想。毕竟周子书当年就是个小孩儿，我哪儿想得到那么多。后来我也没调查过这小孩儿，我根本没想到经常偷我公司东西的神偷会是周天耀的儿子。”

秦飞扬听明白了："那就是冲着我来的了。"

陆林志心虚地低下了头："没错，这也是你逼的！本来咱们都说好了，你帮我杀了周天耀，我帮你洗白身份就结束了！后来你还找我，非让我帮你找郁晨。郁晨那是局子里边出来的人，你这不是害我吗？我留着你就跟留着一个不定时炸弹没什么区别，就算没有这个游戏，我也早就想对付你了！"

秦飞扬冷笑一声："这么说，我还得感谢这个游戏了！陆老板，你胆子可真够大的，单枪匹马还敢跑过来要我的命。我给你做事做了这么久，我的手段你不清楚吗？"

陆林志赶紧缩成了一团："我知道我知道。你现在也找到郁晨了，我也没对你动手啊，你……你就高抬贵手放了我吧！"

周子书冷笑了一声："你是没对他动手，但你对乔警官动手了，要是那次让你得逞了，大伙儿一乱，你就会趁机动手了吧？而且，如果乔警官在拼图密室里死了或者重伤，也就没人去救秦飞扬和郁晨了。陆老板，你这计谋不错啊！"

陆林志知道，他故意拉歪梯子这事儿大家早就看出来了，那时候没说只是时机不对，而且大家急着出那间冻死人的密室。现在他若是还否认，就没有任何意义了。

陆林志心虚地瞟了乔也几眼，暗自庆幸乔也是警察，若是换了别人，早就趁现在要他的命了！

周天耀这事儿算是说明白了，周子书倒显得冷静了一些，他对着自己父亲的遗像拜了拜，恶狠狠地瞪了陆林志几眼后，转头对林思思道："等你查清了你想要的真相，我再动手。"

"不容易啊，"林思思看着他，极为难看地笑了笑，"我不着急，让他休息一会儿，他要真死了，我想要的真相可就没地儿找了。"她说着，又转头看向了秦飞扬和郁晨："不如两位先来？"

3

其实秦飞扬和郁晨的事情，已经说得差不多了，他们也不介意说得再更明白一些。反正说到底，他们只是棋子而已。

“我来吧，”秦飞扬站了出来，“郁晨当年就是个低能儿，他知道的事儿并不多。”

秦飞扬说完，先拜了拜方井和周天耀，想了想，又给木九千拜了拜：“虽然你是拿钱办事，但也算让你无辜受罪。”

拜完之后，他就开始讲述：“陆林志说得没错，我以前叫郁果。如你们所见，我和郁晨是双胞胎兄弟，我们本来是边境雇佣兵，后来……”他转头看了看郁晨，“我给他下了毒，将他丢在森林里，他中毒之后神经受到损伤，成了低能儿。”

舒婵在丛林见到他们的时候，就看出他们兄弟之间的气氛已经有了微妙的变化，便试探着问：“之前你说你们两个之间有误会，就是指的这件事儿？”

“嗯，”秦飞扬点了点头，“当年那是一场训练，十五个人在原始森林里争斗，最后只有一个人会活下来，很残酷吧！所以，郁晨自然而然地以为我是想杀了他，独占生存机会，其实我是为了让他脱离雇佣兵组织。我算出他爬出森林的时间，还有药效，甚至也预测了他会成为一个低能儿，不过那时候我已经没时间了。”

舒婵点了点头，其他人也是一副恍然大悟的样子。过了一会儿，乔也感叹道：“你们不容易。”

秦飞扬和郁晨这么一路走过来，对这样的感叹早就没什么感觉了。秦飞扬对乔也笑了笑，继续说：“后来我接受了陆林志的雇用，其实那时我已打听到郁晨的下落了。如他所说，我来到这里后一直暗中照顾着郁晨，但我死也没想到，这也会被陆林志拿来算计。其实最初我是完全不同意让郁晨替我顶罪的，但我清楚陆林志的手段，就算我不同意，他也不会轻易放过我们。既然如此，还不如我掌握主动，所以我跟他做了交易。”

舒婵道：“也包括木九千？”

秦飞扬点了点头：“木九千是我自己设计的，陆林志不知道这件事，我想，等我洗白了身份，再想办法把郁晨捞出来，我们兄弟俩就可以过正常人的生活了。所以我找到了木九千，从医院里找一个晚期癌症患者，对我来说不是什么难事。我只要给他编造一个故事，比如跟周氏集团有什么恩怨，反正小老百姓和大集团的恩怨，一向是不好调查的，再让他承认是自己利用了郁晨，指使他开车撞死了周天耀。郁晨是一个低能儿，本来就不会定死罪，再加上这一条，足够让他出狱了。”

“的确，”舒婵看着木九千的遗像，感叹道，“他还能给他的孩子谋一笔钱，但孩子们并不知道这笔钱怎么来的，所以啊，他的遗像挂在这儿真是讽刺！”

秦飞扬听到这儿，眉头又皱了起来：“但我没想到，我的计划还是出意外了，警方并没有释放郁晨。因为其实是暗中释放了，但我以为郁晨失踪了。那时候我已经成功洗白了身份，成了东兴医院的主任医师，我一直在找郁晨，但一直都没找到。后来收到了请柬，我没想那么多，只是觉得这也许是一个机会，所以邀请了郁晨试试，没想到真的把他找回来了，对我来说这就够了！”

周子书瞪着他冷哼了一声：“为了你的计划，我家破人亡，木九千也在死后还背着人命官司。你们果然是从那种残酷的环境中出来的，心也这么残酷！”

秦飞扬握了握拳，他一直对周子书抱有愧疚，但那段残酷、痛苦的经历也是他不愿意回忆的。他的确手上沾了很多人的血，但人生无奈，谁又愿意天生成为那样的人呢？

秦飞扬痛苦地闭上了双眼，半晌后又慢慢睁开。他声音低沉，带着一丝沙哑：“你以为我想吗？”

他现在说话的样子，跟他一直表现出的温和医生的样子判若两人。如果不是他亲口说出来，恐怕没有人相信他曾经是一个边境雇佣兵，是从死人堆里爬出来的杀手。

秦飞扬猛然转头，死死盯着周子书：“你以为我想杀周天耀？你以为我想设计木九千？你以为我想在那样的环境里长大？就像你不想变成小偷一样，周子书，谁的人生没有痛苦和无奈呢？”他深吸一口气，伸手指向了郁晨，“我不想摆脱吗？我甚至亲手给自己的弟弟下了毒，我看着他身中剧毒靠着双手在原始森林里爬，我看着他从一个健康的人变成一个低能儿，我还亲手把他送进了监狱……”

秦飞扬说着说着，声音就哽咽了，到最后已经是断断续续泣不成声，抱怨和怒吼变成了委屈哭诉：“你以为我想这样吗？”

周子书是七个人中年纪最小的，习惯了抱怨、哭诉。作为受害者的儿子，他觉得自己才是最委屈、最有权利指责别人的人，然而他已经无法继续指责秦飞扬了。

说到底，秦飞扬不过是刚好接到了杀害周天耀的任务，就算没有这个任务，也会有其他人完成这一切。说到底，想要杀死周天耀的人不是秦飞扬，也不是郁晨，而是陆林志。

他们彼此的命运是注定了的，只是阴差阳错地联系在了一起。

秦飞扬的话一下又一下地敲打在周子书心上。的确，谁愿意天生做这样的人呢？他周子书想吗？他本来有幸福的家庭，严母慈父，家境也非常不错，他本来应该在校园的欢声笑语中长大，他也应该好好地完成学业，做一个无忧无虑的学生，将来继承父业……

如果不是那场事故，父亲惨死，母亲殉情，周氏集团被其他股东分食。为了活命，为了调查，他不得不隐身于黑暗之中，成为一个人人喊打的小偷！

他天生想如此吗？当然不是！

舒婵拉住了周子书的手，轻轻拍了拍他的手背。周子书感受到她的温暖，才从无边无际的痛苦中回过神来，哽咽了一下，慢慢低下了头。

郁晨也把秦飞扬拉了过来，示意他冷静冷静。秦飞扬深吸一口气，缓缓地吐出来，对着郁晨笑了笑："没事。"

郁晨点点头，他也开始讲述了。

他开口就直奔乔也："乔警官，你一定想不到是我邀请了你吧？"

乔也愣了一下，他的确没有想到这一点。

郁晨笑了笑，继续讲述："我和我哥的故事，他已经讲得差不多了。那次从森林里爬出来后，我被路过的警察救了，但当时神经受损，我的智力……也就小学水平了。不知道自己是谁，不知道自己在哪儿。那些警察后来把我送到了救助站，直到我的状况好了一些，我才开始自己生活，慢慢回忆起了一些事情。"

他看了看乔也："所以我很感谢警察，这辈子我对付谁，都不想对付警察，所以毅然邀请了你，乔警官。"

乔也还是没明白这其中的因果关系，他疑惑地摇了摇头："你感谢警察，跟邀请我参加游戏没有什么必然联系吧？"

郁晨神秘兮兮地对着他笑了笑："当然有关系，乔警官，你想知道的事情，我等会儿会告诉你的。"

乔也想知道的事情，那当然是关于齐瑶的。他现在算是明白郁晨说的话了，他是怕自己死在这里，齐瑶的秘密就会石沉大海，乔也就永远都不会知道了。

郁晨说到这儿，却又转移了话题：“当然，我来参加游戏的目的并不是为了告诉乔警官什么，毕竟我在外面也可以告诉他。我来参加游戏，是为了找我哥！也许是双胞胎之间有心灵感应吧，我有预感，游戏肯定不简单，而且我总觉得我哥会来这里，毕竟当年身中剧毒爬出原始森林这事儿是我心里的一个结，我就想搞清楚这事儿，哪怕死了也无所谓。”

郁晨说完，也拜了拜三位死者：“死者已矣，我不能说自己对他们的死完全没有责任，毕竟我哥是为了我才做这一切的。很抱歉各位，你们是因我而死的。

“至于后来，乔警官，你当年是真的挺冲动的。所有人都知道这桩案子有问题，只有你站了出来。其实我进监狱后没几天，警方就找来了专家为我治疗，只是这一切都是秘密进行的，你一个刚参加工作的小警察当然不会知道。他们为什么会对我这么上心，我想林小姐应该很清楚。”

林思思一直听别人说，现在也终于轮到她了。

她并不诧异郁晨的突然点名，反而笑着点了点头，“没错，我清楚！当年方井被派到陆林志所负责的贩毒集团做卧底，谁知道阴差阳错又被陆林志派回了警局，让他做一个黑警。方井需要一个投名状，也就是那桩车祸案子，其实警方是在配合方井，却被你毁了！”她瞪了一眼乔也，“后来你不是查出来了吗，这桩案子可能跟贩毒集团有牵扯，警方做的一切，其实就是在延续方井做的事情，调查贩毒集团，将其一网打尽。为了这个计划，方井直到现在都没有恢复身份。”

“没错，”郁晨接着说，“我也是在恢复正常后才知道这件事的。他们要抓的人不是我，但和我一模一样，那人肯定跟贩毒集团有着千丝万缕的联系。警方想以我做诱饵，但我哥实在太聪明了，他居然利用木九千来捞我，况且那时他洗白了身份，警方想要调查并不容易。”

乔也看了看墙壁上的故事，越看心里的愧疚感就越重。他已经完全明白了事情的前因后果：“最后，是陆林志杀了方井？”

林思思咬着牙看向了陆林志：“对，就是他！”

乔也看向了陆林志，红了眼眶：“因为投名状被我破坏了？”

陆林志哆哆嗦嗦地往后退了两步：“是……其实我一直都有点怀疑方井，将他派到警局，也是为了试探。那桩案子他要是搞定了，就能申请进入缉毒大队，这对我们很有帮助。但他没有做到……其实这也很正常，毕竟这桩案子疑点很多，这点我是知道的，我那时候还是相信他的，一个小警察不能翻天，这很正常。只是后来……他自己露出了马脚。”

林思思愣了一下：“什么意思？”

陆林志抬头看着她，表情惊讶：“你居然还不知道？就是因为你啊！投名状他没交成，我这边本来就不好交代，他也不知道发了什么疯，可能是想保护你吧，就推迟了跟你的婚期，这你还记得吧！那时我正在调查他，他忍了这么久，最后还是没忍住，跟你见了面。林小姐，你的身份并不是机密，很好调查，拆弹专——哎哟！”

陆林志的话还没说完，又被林思思踹了一脚。她这一脚既是对陆林志的怨恨，也是对自己的责怪，怪自己当时沉不住气，怪自己总想着跟他结婚，没想到因此害了他！

林思思虽然不像舒婵那么柔弱敏感，但也是一个深爱着自己爱人的女人。她也会脆弱，会难过，会痛苦……

这一刻，她终于绷不住了，双手捂着脸号啕大哭起来。

乔也很想趁机夺了林思思的炸弹，但又怕刺激到林思思。当年的真相并不会减轻她的恨意，反而会加重她死的决心。她辞职暗中调查，独自活到现在，就是为了给自己的爱人复仇，如今知道爱人之死有她自己的责任，恐怕早就心如死灰了。

乔也观察了一会儿，最终还是放弃了，他离林思思三步远，轻声安慰了她几句："思思，方井不会怪你。"

林思思也知道这里不是发泄情绪的好地点，她的大哭慢慢转成了呜咽，后来又变成了抽泣，最后放下了双手，双眼通红地看着众人。

林思思看着乔也，自嘲几声："所以，当年的事是我错怪了你，他根本不是因为投名状没交成才被灭口的。"

乔也摇了摇头："他去找你是因为这份失败的投名状，归根结底，还是我的错。思思，我现在在思考另外一个问题，这也是我最不想面对的问题。"

林思思大概已经知道他想说的是什么了，轻轻摇了摇手中的炸弹："想说什么就说吧，毕竟可能过了今天，你们就再也没有机会说了！"

4

乔也已经料到了她会这么坦然面对，但仍然觉得惋惜痛心。

乔也神情复杂地看了林思思很久，转过身，目光在每一个人身上停留了一会儿。就这样差不多过了三分钟，他才非常凝重地开口："我一直在想，究竟谁是神秘人，究竟是谁操控着这一切。现在你们明白了吗？各位——是我们一起设置了这个游戏，当年那桩案子把我们紧密相联。现在，我们又各自在邀请函上写下了彼此的姓名，把大家召集到这个密室里面，剖开真相，或者说报仇？"

这一点是很多人还没来得及思考的，乔也想到了，舒婵也想到了，但其他人还沉溺在彼此的恩怨中，根本没有思考这个问题。

经乔也提起，他们才开始思考这个问题，但想着想着，他们就发现有些不对劲儿了。本来沉思着的四个人，恍然大悟般抬起了头，难以置信地看了看彼此。

舒婵看大家想得也差不多了，就率先开了口："乔也因为画像邀请了我，我邀请了我的爱人周子书，周子书想要报仇邀请了陆林志，陆林志想要灭口邀请了秦飞扬，秦飞扬为了寻找弟弟邀请了郁晨，可是郁晨最后邀请了乔也……"

她的话音刚落，所有人的目光都集中在了林思思身上。

的确，他们的邀请与被邀请已经形成了一个环，但这个环里唯独缺少了林思思。

一个没有邀请别人，也没有被别人邀请的人，是怎么参加游戏的？

唯一的解释就是，她是神秘人，并亲自参加了这个游戏！

林思思没有一点儿慌张或者心虚的意思，她低头笑了笑："乔也，你应该不是现在才怀疑我的吧，你那么聪明，总不至于才从这张邀请函上看出问题吧？"

乔也皱着眉点了点头："我确实怀疑过你，其实我怀疑过每一个人，毕竟所有人都是带着目的来参加游戏的，所有人都有动机，但是我分析了一下——"他指了指自己，指了指其他人，"在这个故事里，我们都只能算是边缘人物，比如我，阴差阳错破坏了方井的投名状；比如秦飞扬，因为被雇用而去设计了郁晨和木九千；比如周子书和舒婵，他们甚至跟方井的事情没有多大关系。只有你，思思，只有你在这个故事中，是处于核心的人物，或者说方井，他是那个处于核心的人，而你是为了他而来的。当然，陆林志也算得上是一个核心人物，不过在场想杀死他的人太多了，他如果设置游戏，玩家阵容不应该是这样的。现在的局势就是，不管我们怎么报仇，最大的受益者，都会是你——林思思！”

说到这儿，乔也又自嘲地笑了笑：“说真的，如果我站在你的角度，我甚至会认为我才是神秘人。”

林思思突然说：“乔也，你跟方井挺像的。”

乔也愣了一下，微微皱了皱眉，声音降低了几度，他反复地念着这个名字：“方井……方井……”

林思思微微一笑：“你们追逐真相的样子，特别像！还有，对自己爱人的样子……”

乔也又是一愣，他下意识地转头看向了郁晨，郁晨本来也在盯着林思思，这时也转过头来跟他对视了。

乔也再次开口问：“齐瑶到底在哪儿？”

郁晨很惊讶，他笑着摇头：“我现在总算明白什么叫作关心则乱了！”

乔也不解：“什么意思？”

郁晨没有急着回答，他看了看林思思，笑道：“林小姐之前说要杀你，现在还对你挺好的，至少还给你时间问我这个问题。不过乔警官，你不会真的认为林小姐做这一切就是为了让我们对着这三张遗像把这些事儿说出来吧？这没有多大意义。”

乔也听得懂郁晨话里的意思，他担心地去看林思思，却没想到周子书已经朝着陆林志冲了过去。乔也来不及阻拦，只能眼睁睁地看着他将弹簧刀刺进了陆林志的身体。

陆林志还是没有放弃，挣扎了一下。周子书一刀刺偏，至少没能要了他的命。

乔也赶紧上去拉开了周子书，其他人冷眼看着这一切，丝毫没有要阻止的意思。不仅如此，周子书带了个头儿，其他人也开始蠢蠢欲动了。

此时林思思却很不合时宜地坦白：“乔也，你分析得没错，这个游戏是我设置的。方井死后，我就辞职了，一直在调查背后的真相。我查得还不够清楚，从那个故事你们就能看出来，我只是查出了大概而已。我为什么让你们相互邀请，你们现在应该明白了，凭我一己之力这个游戏无法进行，我是根据你们邀请的人设计的每一个关卡啊。我的确是这个游戏的发起者，但你们都是帮凶！想想你们写下邀请人名字时的目的和心情吧，你们都逃不掉，谁也逃不掉！”

“林思思！”乔也急红了眼，“快点带我们出去，我答应过你，有罪的我一个也不会放过，你说我像方井，那你就应该相信我！这些人应该受到法律制裁，好，我也该死，我也应该受到法律制裁！那也得出去解决这一切！”

“出去？”林思思冷笑，“乔也啊乔也，你真的以为我精心设置这一切，就是为了你这个不咸不淡的承诺吗？你以为自己有多大本事啊！你看看陆林志的窝囊样子，他出去了还不是作威作福一手遮天？你看秦飞扬和郁晨现在这么兄弟情深，他们可是曾经的雇佣兵、杀手！你在我们这一群乱七八糟的人里面是可以代表正义，但你觉得世间的黑白就是这么清楚明了吗？乔也，我不是无视法律，也不是不相信法律，毕竟方井也曾经是一个警察，我就是想帮他报仇而已。我把自己的命也赔进去，这总够了吧？”

乔也感觉头都在发晕，大吼着：“你何必呢，事情明明可以用更好的方式解决！”

林思思又笑了笑：“何必？乔也，如今出事的不是方井，而是齐瑶，你还会说这句话吗？你还会衡量哪种方式是更好的方式吗？”

乔也愣了一下，脑子里轰的一声，茫然地摇了摇头：“不可能，不可能……”

齐瑶是他的逆鳞，也是他的软肋，更是他无法反驳的理由！

“没什么不可能的，”郁晨接过了他的话，“我说你关心则乱，还真不是冤枉你。乔警官，方井的事情你都分析得这么透彻了，还想不到齐瑶的秘密是什么吗？出去也好，死也好，我这也算告诉你了。我本来就是抱着必死的心来的，我和我哥这一生也算是作恶多端了，误会解开了，我死而无憾。”

“没错，我们死了算赎罪，杀了陆林志算报仇，这辈子也算不亏不欠了，挺好。”秦飞扬转头，对着郁晨微微一笑。

“不——不——”乔也还没从齐瑶的事情中反应过来，喊道，看到林思思再一次举起了手中的炸弹，“林思思，你就算要杀人，周子书和舒婵总是无辜的，他们总不该对方井的死负责啊！”

林思思没有停止手上的动作：“但他们想报仇啊，要不来参加游戏做什么？他们报了仇，法律会怎么判呢？最终的结果都是一样的。乔也，你别天真了，我愿意为了方井死，你愿意为了齐瑶死，舒婵也愿意为了周子书死，我们都是被命运捉弄的人，不是吗？偏偏我们这些被命运捉弄的人还紧密相联，就像一个魔方一样……乔也，你觉得魔方损失了一个色块，其他的色块还有存在的意义吗？”

舒婵紧紧地拉住了周子书的手，转头对乔也笑了笑，很明显，她也赞成林思思的观点。

舒婵终于明白打开这扇门之前林思思为什么要问她那样的问题了，她不是以这个游戏发起者的身份问的，而是作为一个女人，愿意为了爱人去死的女人。

“不要！”乔也知道现在说什么都不管用了，都晚了！

他在最后一刻，朝着林思思扑了过去。

同时，“砰”的一声，炸弹应声而响……

尾声

Game over

1

乔也在巨大的爆炸声中昏了过去，失去意识之前，他看到了从被炸开的墙面照射进来的明媚的阳光，还有阳光下……林思思的笑脸。

乔也醒过来，已经是一天后了。警局的同事团团围在他的病床面前，担心之意溢于言表。

“醒了！醒了！醒了！”有人惊喜地大叫，有人跑出去喊医生，有人伸手在他眼前晃来晃去，大声地喊着他的名字。

眼前的一张张脸由模糊到清晰，乔也慢慢睁开了双眼，下意识地问：“这是哪儿？”

“医院啊！”一个同事回答了他，“乔也，你没事吧？”

医生从人群中钻出来，上上下下替他检查了一遍：“没事了，他只是精神高度紧张下巨大的冲击力导致的暂时性昏迷，身体没什么问题，再观察两天就可以出院了。”

思及昏迷前发生的一切，乔也微微一愣。在看到林思思即将引爆炸弹的一刹那，他的精神是高度紧张的，但昏迷只是由于巨大的冲击力？身体竟然没事？

他都做好英勇就义的准备了！

“你说你啊，”还没等他想出个所以然，局长便亲自训话了，“抓嫌疑人不知道多带几个人吗？一个人瞎逞什么能耐！”

抓嫌疑人？乔也彻底蒙了，这都什么跟什么？

另外一个同事给他解释：“秦飞扬和陆林志已经落网了，他们的犯罪证据，警方也已经搜集齐全了。乔也，你安心养伤就是了，别的不用担心。”

“秦飞扬和陆林志？”乔也越来越蒙了，“其他人呢？”

“什么其他人？”同事奇怪地看了看局长和其他人，那眼神乔也读得懂，他怀疑自己脑袋出问题了。

但是乔也记得清清楚楚，林思思、郁晨、舒婵、周子书，这些人哪儿去了？

“好了，你先休息，”局长安慰地拍拍他的肩膀，“等出院了我们再慢慢说这些事情，现在最重要的是把身体养好。”

乔也糊里糊涂地点了点头，他现在也确实没办法把之前发生的一切跟他们解释清楚，而且就目前看来，在他昏迷之后，还发生了一些他不知道的事情。

警方发现他的时候，秦飞扬和陆林志在场，可林思思和舒婵他们却不见了。

这一切都太匪夷所思了！

出院后，乔也特意去监狱里看了秦飞扬和陆林志。和他一样，秦飞扬和陆林志对这一切都一无所知，他们醒来就被抓了，罪证陈列得清清楚楚。虽然只是关于周天耀谋杀案的证据，没有半分是关于陆氏集团贩毒的，但这足够让他们进监狱了。

“这一切都是一个局，”秦飞扬暗暗皱着眉头，“当年案件的真相只是其中一环，否则方警官的这笔账又怎么算？陆林志可不是因为这件事进来的。”

他说到这儿，抬起头若有所思地看了一眼乔也，遂又意味深长地勾起了嘴角：“看来乔警官也是局中人啊！”

乔也在沉思中结束了这场对话，他是一个局中人，这一点他早就料到了。

古话说，当局者迷旁观者清，若他不是局中人，他早应该看透了这一切，而现在，虽说一切都好像很明朗，但细碎的线索总连接不起来，没办法将这一切理个通透。

乔也从同事那里得知，同事是在一个撞坏了围栏的盘山公路边找到他们的，是当地的村民报了警。当时他们的情况非常危险，要不是断裂的栏杆连同山壁形成了一道屏障，他们恐怕会滚落山崖。

乔也并不认为这是巧合，于是，他又去找了舒婵。

周子书不好找，但舒婵很好找，她的心理诊所就在那里，而且还开着。舒婵看到他的时候，微微一惊，但她很快就恢复如常了。她还是穿着略显复古的棉麻长裙，看起来非常安静。她站了起来，走到门口去换掉了营业的牌子，然后回头对着乔也微微一笑：“乔警官，请坐。”

乔也在她对面坐下，不失礼貌地打量了她几眼：“看来你恢复得很好。”

舒婵低头微微一笑：“虽然我不清楚这一切究竟是怎么回事，不过我们的目的达到了，这不是很值得高兴吗？”

乔也问：“周子书呢？”

舒婵摇摇头：“祭拜完他父亲之后，他说想要一个人静一静，我一向不会打扰他的。怎么了？乔警官是不是觉得这场游戏最后便宜了我们，想要调查他了？”

乔也摇摇头：“林思思已经承认了，我没必要再抓着你们不放，只不过……”

“看来乔警官也还有疑问，”舒婵打断了他的话，“可惜我们什么也不知道，那场爆炸中我们都昏迷了，醒来就在医院了。听说是在路边被人发现打了120，这一切我也觉得匪夷所思。至于周子书犯下的偷窃案，他说过，他会去自首的。”

乔也点头笑了笑：“我知道了，多谢。”

周子书犯下的偷窃案，其实大多是为了调查周天耀的案件，真正的金银财宝，他并没有偷过。如今陆林志和秦飞扬落网，他愿意去自首，也在情理之中。

该见的人都见了，除了见不着的。乔也知道，他要想弄清楚这一切，那就只有一个办法了。他再次去了那个密室，那个竹林深处的、差点要了他们命的密室，也是隐藏着无数秘密的密室。

他是一个人去的，之所以没有跟警方说明，是因为他心里已经有了一些猜测。竹林深处的密室依然存在，而且还熙熙攘攘地来了一些游客。与之前不同的是，密室入口已经不是那七个如同取款间一般大小的房间了，而是一个接待室，室内还有工作人员。

见有人进来，前台的一个女孩子立刻迎了上来：“你好，要参加密室挑战吗？”

乔也看了看四周，这个地方他们确实没有来过，不过并不是之前不存在，只是没有开放而已。他们走过的那些关卡，也不会经过这个地方。

“这里是什么时候营业的？”乔也问。

“我们这是新密室，前天才开始营业，”女孩子耐心地解释，“您不是看到传单来的吗？前段时间密室经过了高级玩家试玩才营业的，部分不足也已经改善了，您可以放心地玩。”

“试玩？”乔也心中有了猜测，“什么时候的事情？”

“也就前面两三天，这件事是老板亲自张罗的，我们是等营业才开始上班的哦，”女孩子拿过主题本，“先生要了解一下主题吗？”

乔也拿过来看了一下，上面写着四个大字：致命魔方！

林思思曾经说过，魔方如果损失了一个色块，那整个魔方都将失去意义。

这时，另外一个女孩子走过来，在接待他的女孩子耳边低语了几句。这个女孩子听后微微一愣，仿佛有些震惊，随即对着乔也做了一个邀请的手势：“先生，您这边请。”

乔也带着疑惑跟着她走到了一个房间门口，女孩叩了叩门，听到里面的回应后，便邀请他独自进去。

乔也拿着主题本走了进去，这里是一个办公室，办公桌后面，一个熟悉的背影映入眼帘。

即便是一个背影，乔也也立刻就认出来了，那是林思思！

林思思微笑着转过身，邀请他坐下：“我就知道，你一定会来的。”

乔也在办公桌面前坐下，目光一直停留在她的身上，是打量，也是猜测。

“不用着急，”林思思为他倒了一杯水，“你想知道的一切，我都会告诉你的。”

乔也开门见山：“是你把我们分别放到了不同的地方，被人发现后送到了医院。那枚炸弹的威力虽不足以炸死我们，但大家都晕倒了，为什么你没事？”

“我知道死不了，所以没那么紧张啊，”林思思耸耸肩，“而且密室是我设计的，炸弹也是我引爆的，我当然知道哪里最安全。不过还是很惊险啊乔也，如果你当时真的把我扑倒在地，说不定我们全部都要死在里面了。”

乔也摇摇头：“不，你没有想过杀人，这件事你一定留了后手。其实在密室里我就发现了，你处处留了后手，不管什么选择，你始终都不会在被选择的那一方，如果出现极端的情况，你也会引导我们做出正确的选择，我就是一个典型的例子。”

“你说第一关吗？”林思思笑着摇了摇头，“那是秦飞扬的功劳，我可控制不了周子书。”

“秦飞扬只是代替了你的角色而已，”乔也完全不在意她否认的态度，“就算没有他，你也一定会想办法阻拦这一切的，否则，你也没必要用一个炸不死人的炸弹演这么一场戏，就算让大家说出了真话又如何呢？结局还不是一样。”

林思思轻轻点了点头，笑而不语。

“所以这一切是为什么？”乔也微微皱起了眉头，“如果你是要为方井报仇，你要找的仇人都找到了，你费这么大力气，只是为了把陆林志和秦飞扬送进监狱？”

林思思看着他，轻轻挑了挑眉。

“不对，”乔也又自我怀疑地摇摇头，“迷失丛林中，你几乎找到了所有人害怕的东西、罪证，或者过往，你要抓他们，把证据寄给警方就行了，根本用不着这么麻烦。”

林思思终于开口了，她说：“乔也，我是一个警察。”

她是一个曾经的拆弹专家，虽然是曾经的，但也的的确确是一名人民警察。乔也起初不懂她这句话的意思，但稍加思索，很快就明白了。警察！一个特殊的职业，有着特殊的责任和义务，也有着特殊的使命和觉悟！从头到尾，林思思都是在演戏而已，她的角色，是一个因为爱人死亡而疯狂的复仇少女！实际上，她是一个警察，哪怕只是曾经的……

“所以你不会杀任何一个人，”乔也的眼神似乎有些迷茫，但也带着几分清明，“陆林志的伤算是整个游戏过程唯一的伤害，但也不致命，你同样留好了后手。可是，这仍然不能解释你最终的目的……”说着说着，他突然瞪大双眼看向了林思思。

“难道……”电光石火间，乔也脑海中那些细碎的线索终于串成了一条线，尽管他还没来得及想仔细理清楚，但就那千丝万缕中的一点信息量足以震得他当场说不出话来。

“我是一个警察啊，乔也。”林思思又重复了一遍这句话，比起第一次说这句话时的坚定，这次的语气中带着一种苍凉的感慨。她抬起头来惨淡地一笑，继续道，“直至目前，不是也有很多人不知道方井真正的身份吗？”

乔也也抬起了头，微微皱眉看着她。

“乔也，其实我从来没恨过你。”林思思突然说。她折臂靠在办公桌上，身体微微前倾，双眼含笑地看着乔也，“你和他很像，都那么认死理，为了追求真相那种不达目的不罢休的气势，那种仿佛与生俱来的正义感——真的很像。”

乔也知道林思思说的是方井，这让他一下子不知道该怎么接，他只好看了看周围，问：“这间密室真的是你开的？”

“当然，这是我亲手设计的，”林思思的语气中带着几分自豪，说完这句话后，她却又自嘲地笑了笑，“方井出事后，我去学了建筑学，我学习能力还挺强的，对吧？”

乔也点了点头：“非常厉害！”

“你们被聚集在这儿，对外说不过是一场高级玩家的试玩，是我的营销手段，”林思思伸手指了指门外，“密室的危险环节我都改造了，现在正式营业了。你知道，这周围挺荒凉的，来玩的都是资深发烧玩家，所以那场试玩到底是什么情况，根本不会有人知道。”

“看来你的计划早就开始了，”乔也在跟她闲聊这几句时，脑海中那条线也渐渐串得清晰了，“当时我还在奇怪，我找了郁晨那么久都没有结果，你怎么就轻易地找到了他。”

林思思微笑：“你现在也一定很奇怪，你找到了所有人，周子书就不说了，反正他和舒婵是一起的，甚至连我都找到了，却为什么一直没有找到郁晨？”

乔也的眼神有点黯淡："他曾经说过，如果我们能走出密室，他会告诉我关于齐瑶的一切。是，你不会让我见到他，是吗？"

"不是我不会，"林思思摇摇头，"是谁你自己心里有数。"

"对，我有数，"乔也的语气有些颓废，"既然陆林志和秦飞扬——或者说当年的那桩案子——不是你最后的目的，那你最后的目的只能是警方一直在调查的东西，也是方井当年面对的一切，那你……"

"也许不久之后，我就会成为一个逃犯，"林思思说得非常轻松，"故意伤害罪，或者杀人未遂罪？都可以，告发我的人也许是陆林志，也许是秦飞扬，又或者，是你？"

"我？"乔也微微一愣，遂又轻笑着摇了摇头，"也许吧。"

"那么，"林思思突然站了起来，双手撑在办公桌上，微微俯身居高临下地看着乔也，嘴角浅笑中带着一种高深莫测的味道，"你现在知道齐瑶在哪儿了吗，乔也？"

乔也恍然大悟！

再次走出这个密室，乔也的心中已经没有了几日来扰得他心绪纷杂的疑惑，心里的石头并没有落下，反而压得他透不过气来。明媚的阳光透过竹林星星点点洒在身上，暖洋洋的。乔也抬头，用手遮住双眼，透过指缝看向那一轮蒙了些许云雾却仍耀眼的明日，心里默默期许着：若有一日能拨开云雾见天明，那该多好！

那时，你是不是也该回来了……